W0201059

Scrittori italiani e stranieri

Chiara Gamberale

Quattro etti d'amore, grazie

ROMANZO

MONDADORI

Dello stesso autore in edizione Mondadori

Le luci nelle case degli altri
L'amore quando c'era

www.librimondadori.it

Quattro etti d'amore, grazie
di Chiara Gamberale
Collezione Scrittori italiani e stranieri

ISBN 978-88-04-61628-3

© 2013 Arnoldo Mondadori Editore S.p.A., Milano
I edizione marzo 2013
Anno 2013 - Ristampa 3 4 5 6 7

Quattro etti d'amore, grazie

Per Giorgio

Bisognava dirglielo.
«Sono vecchia, Peter. Ho già molto più di vent'anni.
È tanto tempo che son cresciuta.»
«Mi avevi promesso di non crescere!»
«Non ho potuto farne a meno. E sono maritata, Peter.»
«Non è vero.»
Ma poi pensò che fosse vero; e fece qualche passo
verso la bambina, con la spada levata.
Ma naturalmente non colpì. Invece si lasciò cadere
sul pavimento e pianse; e Wendy non seppe
come consolarlo, mentre una volta l'avrebbe fatto
così facilmente.
Era soltanto una donna, ora.

JAMES MATTHEW BARRIE, *Peter e Wendy*

Un litro di latte parzialmente scremato.

Uno intero.

Mezzo chilo di penne rigate.

Un barattolo di fiducia.

Due di marmellata alle ciliegie.

Un chilo di patate, uno di illusioni.

Un arrosto d'infanzia e uno di tacchino: da surgelare.

Due bustine di pietà, due di lievito, una serata diversa da tutte, un cespo di abitudini, uno di lattuga, il posto fisso, un tubetto di dentifricio ultrasbiancante, la sigaretta dopo il caffè, una telefonata lunga, il perché, sei rotoli di carta igienica, il weekend al mare, il telegiornale delle otto, una risata scema, qualche mandarino, la verità, però anche no, un flacone di ammorbidente, una confezione di preservativi, una di pannolini, lo yoga, tre pacchi di biscotti panna e cioccolato, un'offerta speciale, il prezzemolo.

Serve davvero tutta questa roba, alla gente che passa di qui?

Gli serve, certo: ma tanto non gli basta.

E allora a che gli serve se non gli basta?

Boh.

Ecco, lo sapevo, ci risiamo.

Provo a essere gentile.

«Signora, scusi: doveva pesare le zucchine al reparto frutta e verdura.»

Sempre così.

Si dimenticano di pesare le cose al momento giusto, quando le prendono, e credono che arrivati a un certo punto, come per magia, ci pensi qualcun altro. Ma il prezzo mica arriva così, mica è una rivelazione, mica è l'oroscopo: tu scegli una cosa e quella cosa ce l'ha.

No?

600 grammi di zucchine
1 retina di cipolle
1 panetto di burro da 250 grammi
4 uova
6 filetti di platessa
2 barattoli di pelati
2 pacchi di fusilli De Cecco
5 tavolette di cioccolato fondente
1 confezione da 2 di Asciugoni Regina

Mamma mamma, mamma.

Le corre incontro il più piccolo che ha gli occhi enormi, verde strano, proprio come i suoi.

Mamma. S'incolla allo stipite della porta la grande, chissà di che colore ha gli occhi: li tiene sempre fissi sulle ballerine, ma a lei, solo a lei, li punta addosso fiduciosa, sfacciata, felice e basta.

Mamma.

È tornata.

Mamma.

È tornata mamma.

«Bambini, calma, dai» li prega la signora Cunningham, ma come per dire: bambini, ancora per favore. Fatemi sentire ancora che la giornata sta per finire, ma che per voi comincia adesso. Adesso che mamma è tornata a casa, adesso che ci siamo quasi tutti.

Manca solo papà, ma meglio.

Perché: «Gli facciamo una sorpresa e prepariamo i muffin al cioccolato?» propone la signora Cunningham.

Viola (se ho capito bene, così dovrebbe chiamarsi la grande) e Piccolo (lei non lo chiama mai per nome: lo chiama sempre "tesoro" o "amoremio", la sorella invece lo chiama "Gu" – dev'essere una presa in giro, Piccolo ancora non sa davvero parlare e, chissà, per indicare qualsiasi cosa dirà "gu", vuole un gelato? gu, guardare la televisione? guuu, un pallone, andare al bagno, al parco sotto casa? gu, gu, gu) prendono a saltare.

La scortano fino alla cucina così, saltando.

«Io rompo le uova!» urla Viola e se la vedessero i compagni di classe certamente non la riconoscerebbero, abituati come senz'altro sono al suo silenzio guardingo, alla sua presenza vaga e composta. «Le uova, le uova!» Ma che ci può fare Viola, se solo vicino alla mamma si sente in diritto di esistere? Che ci può fare se solo lei, lei soltanto, con quel biondo buono che si porta tutt'attorno come una specie di aureola, come una specie di pace, le suggerisce che il mondo è un posto innocuo, senza pericolo, e allora che problema c'è: tutti possono esprimersi così, come gli viene?

«Gu gu gu!» Piccolo fa da controcanto alle urla della sorella.

Ed ecco la cucina trasformarsi in una bolla di sapone. Leggera, colorata e magica si alza, su questa città tremenda e sul suo dolore.

Per un'ora o giù di lì, dentro a quella bolla niente e nessuno può fare del male a Viola, a Piccolo e alla madre.

Viola rompe le uova, uno le cade per terra: la signora Cunningham la guarda di traverso, ma è la prima a ridere. Il secondo è Piccolo, l'ultima è Viola che allora, pure se non se ne accorge, allora, proprio perché non se ne accorge, intuisce qualcosa che la proteggerà per sempre: posso pure sbagliare, intuisce. Comunque resterò Viola, comunque mi vorranno bene. Oggi mamma e Piccolo, dentro questa cucina a forma di bolla, domani Gli Altri, in generale, tutti, fuori di qui.

Piccolo rotola dalla sorella alla madre, dalla madre alla sorella, s'incanta di fronte agli albumi che frullano, alle barrette di cioccolato grattugiate e la signora Cunningham, oh: la signora Cunningham.

Sembra una fata che tutto può trasformare, tutto può inventare.

Accende lo stereo? Ma sì.

La signora Cunningham accende lo stereo: e quando i dolci sono finalmente in forno prende in una mano la mano di Viola, nell'altra la manina cicciotta di Piccolo e come tre ubriachi dondolano e "we all live in a yellow submarine" canta lei, dietro al disco, e "yellow submarine yellow submarine" canta Viola, dietro a lei, e "gu gu gu marin" canta Piccolo, dietro a Viola.

Arrivano le otto, come ogni sera.

Come ogni sera, con le otto la chiave gira nella toppa. Della porta di casa: del passaggio segreto per la bolla, dell'oblò del sottomarino giallo.

È il signor Cunningham.

Biondo? Forse castano chiaro. Alto, ma non troppo. Magari con una faccia che non si noterebbe se restasse ferma, ma che sa sorridere: e così diventa bella e rara.

«Papà!» Questa parola Piccolo la sa dire benissimo, è la seconda che ha imparato.

Il signor Cunningham scioglie il nodo della cravatta, si lava le mani, tutto con Piccolo incollato alla gamba come una lumaca.

E poi tavola, a tavola: tutti a tavola.

Hanno bisogno di parlare, di ascoltare. Ascoltano, parlano.

«Oggi la maestra ci ha spiegato i Babilonesi.»

«Mi ha telefonato Carla, dice che è meglio prenotare subito se vogliamo la camera dell'anno scorso in montagna, per Pasqua la pensione è già quasi tutta piena.»

«Gu guuu.»

Cose così.

«Domani prenoto subito.»

«Papà, ma secondo te gli Assiri sono i Babilonesi?»

«Speriamo ci sia ancora neve, Pasqua quest'anno cade talmente tardi.»

«Se sono Assiri come fanno a essere Babilonesi, Viola! Mi passi il pollo? Grazie. Speriamo, davvero. Ma sarà bello comunque.»

«Certo.»

«Gu.»

Cose così.

Che ore sono, adesso?

Le nove, circa.

Ecco.

La signora Cunningham si è appena alzata, è andata in cucina, Viola l'ha seguita.

Tornano in salotto, lei davanti, Viola dietro, da brava vestale.

«Dadaaaaaaan» fa Viola, mentre la mamma posa sulla tavola il loro segreto.

«I muffin, non ci posso credere, ma mica è Natale, mica è il mio compleanno, è solo un sedici gennaio come tanti, come tutti!» esclama il signor Cunningham. «Vieni qui che ti do un bacio» e tira Viola verso di sé, la fa sedere in braccio. Gratta la testa di Piccolo e sono fusa.

«Il primo è per te.» Ne prende uno e lo fa scivolare nella mano della moglie. Lei arrossisce: lo capisce benissimo che, al solito, lui ha cercato solo una scusa per toccarla.

E si sussurrano qualcosa con gli occhi.

Faranno l'amore stanotte?

Forse.

Comunque s'addormenteranno allacciati, si scambieranno paure, pin del cuore, speranze, carezze loro, loro e basta, confidenze che nemmeno Viola e Piccolo possono ascoltare.

Mentre io? Io, anche se lui non dormisse di là sul divano, ma stanotte dormissimo insieme, non avrei più nemmeno uno straccio di confidenza da fare a Riccardo: i miei segreti hanno tutti a che fare con lui.

E nessuno può farsi complice di un segreto da cui è il primo a dovere essere protetto.

Da consapevole, intendo.

Perché magari inconsciamente siamo tutti complici delle bugie che ci riguardano.

Chi lo sa, chi lo sa.

Dall'altra stanza il respiro di Viola e di Piccolo li benedirà.

Dal divano del soggiorno il russare di Riccardo già mi maledice, mentre aspetto che il microonde faccia driiiin.

Eccolo.

Non si sforza neanche un po' di sembrare un dadaaaaaaan.

La tua pizza surgelata è pronta, mi informa.

Non gli interessa stupirmi, il microonde non l'ha certo preparata per me, ansioso che tornassi a casa, questa Margherita di plastica.

Driiiin.

«La pizza, non ci posso credere, ma mica è Natale, mica è il mio compleanno, è solo un sedici gennaio come tanti, come tutti!» Provo a dirlo, tanto per sentire l'effetto che fa.

2 PIZZE MARGHERITA SURGELATE
3 LATTINE DI HEINEKEN
1 BOTTIGLIA D'ACQUA NATURALE
2 CONFEZIONI DI YOGURT VITASNELLA (PRUGNE E CRUSCA, VANIGLIA)

Fa schifo la frangetta che ho in questa foto, Dio mio. La gita a Pompei: pensa. Me l'ero completamente dimenticata, eravamo appena al primo anno. Ora glielo scrivo, pure le dita mi ridono:

– Ragazzi, ma siete incredibili! dove avete tirato fuori questi repert...

«Mamma! Mamma! Mamma.»

«Gustavo, un attimo: ti prego.»

«Che fa mamma?»

«Niente, amore mio. Vai di là con Viola, arrivo subito.»

Gustavo non si muove. Con il suo pigiamino di spugna arancione, il tirannosauro di gomma sotto a un braccio, si fa penzolare l'ultimo pezzo di una barretta al cioccolato dalla bocca e resta lì. Cioè qui. Aggrappato alla gamba del tavolo della cucina dove ho appena aperto il portatile. Mi sono appena collegata.

«Mamma.»

«Sì.»

«Che fa?»

«Chi?»

«Tu mamma.»

«Niente.»

«Che fa?»

Uno, due, tre: respirare.

È l'amore mio più grande. Anche Viola, ci mancherebbe altro. Gli amori miei più grandi.

Però adesso dovrebbero smetterla, no? Dovrebbero averne abbastanza di esistere, non so come dire. Sono le nove passate, Dio mio. Abbiamo cenato, gli ho permesso di mangiare il cioccolato nonostante tutti e due abbiano lasciato più della metà del secondo nel piatto, ma non c'è verso: ogni volta che Michele va a giocare a calcetto è la stessa storia, loro diventano terribili. È l'unica distrazione che si concede, poveretto, dopo la rapina aveva perfino smesso, sono io che due settimane fa ho insistito perché ricominciasse.

Ti prego, ti prego Gu, non fare che la mamma dica al papà: senti, ci ho ripensato, forse è davvero meglio farla finita con questo calcetto.

E soprattutto non fare che la mamma desideri che tu ora sparisca. Sparisci prima.

«Mamma, che? Mamma.»

«Viola, tesoro, vieni a prendere tuo fratello e gli accendi la televisione di là, in salotto?»

Nessuna risposta.

Dio mio, perché Viola fa finta di non sentire? È un po' che le è presa quest'abitudine, e non è una bella cosa.

«Viola!»

Nessuna risposta.

Non puoi portarlo tu di là, in salotto, e accendergli la televisione?, starà pensando lei.

No che non posso, Viola! Siamo collegati in dodici, capisci? È un momento prezioso, per noi della B.

Lo capisci?

Eravamo in ventuno: siamo più della metà in linea tutti nello stesso momento, non capita quasi mai! E Fulvio Renna ha appena postato le foto della nostra prima gita, quella a Pompei, quella dove la De Santis ci è venuta a sgridare in camicia da notte e bigodini perché avevamo organizzato un tequila party proprio in camera sua, di Fulvio, e tutti gli ospiti dell'albergo sul nostro stesso piano avevano telefonato alla reception furiosi perché non riuscivano a dormire.

Dal rumore che facevamo, capisci Viola?

Come farebbe a capire, ha soltanto dieci anni: stellina.
Neanche Michele capirebbe.
Sei impazzita?, mi chiederebbe, se gli raccontassi di noi, "Quelli della mitica B del Rousseau 1991-1996". E io non voglio che pensi che ha sposato una pazza.
Lui le pazze non le sopporta.
Un giorno gli ho parlato di Tea Fidelibus, l'attrice, la protagonista di "Testa o Cuore".
«La incontro spesso al supermercato, sai?» gli ho detto.
«Ah sì?» ha risposto lui, distratto o probabilmente già infastidito.
«Sì. Viola abbassa sempre gli occhi per la vergogna.»
«E di che cosa dovrebbe vergognarsi, Viola, con quella sciacquetta?»
«Dai, Michele, perché devi dire così. Viola l'ha vista in televisione tante volte, è normale che s'imbarazzi a trovarsela davanti, in carne e ossa. Pure se di carne sinceramente ce n'è poca. È tutta ossa.»
«Sarà un'anoressica.»
«Poveretta.»
«Mi fanno più pena i bambini del Biafra, sinceramente. Le attrici pazze le manderei in miniera per un paio di mesi, con tuo fratello a fare da capocantiere. Poi vediamo.»
È sempre così, Michele. A parole ha bisogno di essere molto più categorico di quanto non sia nei fatti: sarebbe molto peggio il contrario, mi ripeto sempre.
Nei fatti è comprensivo, è attento, curioso.
A parole, con quello che non gli è familiare, ha bisogno di mettere le mani avanti: può sembrare che sputi giudizi affrettati, in realtà è solo un modo come un altro per avvicinarsi alle cose.
Poi al dunque è pronto a cambiare idea.
Certo, sui social network non lo si smuove: roba da checche, dice, roba da sfigati.
E anche sulle pazze ci sarebbe poco da fare.
Se pensasse che sua moglie lo sta diventando, intendo.

Insomma, un conto è dirsi: "Nella banca di Erica tre mesi fa c'è stata una rapina e lei è rimasta sconvolta".

C'è un effetto e c'è la sua brava amica causa.

Un altro sarebbe: "Erica sta benissimo, ma vorrebbe solo essere lasciata in pace per stare su facebook nel gruppo messo su dai suoi ex compagni delle superiori".

Ci sarebbe un effetto lasciato a se stesso, come un bagno dove non si saprà mai chi si è dimenticato di tirare lo sciacquone, come un raffreddore fuori stagione, uno schiaffo dato a qualcuno perché un altro ci ha fatto arrabbiare.

Tutte cose che Michele non concepisce.

No no, per carità, devo tenerla per me questa cosa. È una piccola, piccolissima cosa. Una cosa da niente. Lui ha il calcetto? Io ho quelli della mitica B del Rousseau. Tutto qui!

«Viola, vieni subito a prendere tuo fratello!» Provo a imitare il tono di Michele, quando smette di scherzare e si capisce benissimo che vuole *davvero* che i bambini facciano quello che gli ordina di fare.

Dalla camera di Viola nessun rumore.

Gu adesso mi guarda, non dice più niente.

Accartoccia il nasino, storce la bocca.

Si mette a piangere.

«Acccccua» frigna.

Acqua: vuole bere. Vuole bere! Perfetto. E col suo mezzo metro il frigo non può aprirselo da solo, non può prendersi dalla credenza il bicchiere di plastica a forma di Winnie the Pooh. Certo che non può.

«Tieni, amore mio.»

Torno a sedermi. Ricomincio da capo:

– Ragazzi, ma siete incredibil...

«Ancora.»

«Gu, ora basta, porca puttana!»

Aiuto.

Sono stata io?

Gu fa traballare il mento, non sa ancora se piangere e aprire un caso oppure no.

Non c'è dubbio, sono stata io.

Prima che decida che sì, è il caso di piangere, me lo faccio arrampicare in braccio.

«Vieni qui, amore della mamma. Nessuna paura.»

Gli dico.

«Nessuna paura.»

Ma io adesso un po' ne ho.

Dio mio, da dove è venuto fuori quell'urlo? Con quella voce buia, cattiva, proprio per niente mia, con quella parolaccia brutta dentro che non c'entrava niente.

Niente.

È venuto dal regno delle pazze: non c'è dubbio.

Per cui Michele non ha pietà.

Gli fanno più pena i bambini del Biafra delle pazze.

Gli fanno più pena i bambini del Biafra di Tea Fidelibus.

Uno, due, tre.

Respirare.

Uno, due, tre.

Pensare. Ad. Altro.

Uno, due, tre.

Non ho mai urlato, non ho mai detto quella parolaccia brutta, è tutto a posto, tutto a posto, non sono Tea Fidelibus, non sono una pazza.

Che poi.

Che poi, adesso.

Che poi, adesso, perche dovrebbe essere pazza, la Fidelibus?

Perché?

Uno, due, tre.

Respirare.

Altro. Pensare. Ad.

Altro: insomma, io Tea Fidelibus la trovo, non so come dire.

Affascinante.

È molto magra, certo, ma non mi pare malata. Mi pare molto magra, punto. E ha quegli occhi tipo finestre appena lavate, talmente... come dire? Vivi. Sì. Solo gli artisti ce li hanno così: e lo sanno tutti che Tea Fidelibus, oltre a essere la migliore protagonista della migliore serie televisiva in circolazione, recita anche per il teatro. Ogni volta che l'hanno intervistata lo ha detto.

Gu, ora basta, porca puttana!, ha detto.

No, non è vero

Non ha detto così.

Respirare.

È il teatro la passione della mia vita, ha detto Tea Fidelibus, ogni volta che l'hanno intervistata. O meglio, le tre parole per me hanno esattamente lo stesso significato: teatro, passione, vita, ha anche aggiunto, una sera, in uno speciale dedicato a lei. Non ho capito benissimo che cosa volesse dire, ma mi è sembrata tutt'altro che infelice, in quel momento, tutt'altro che pazza.

Fiera, sicura e meravigliosa, m'è sembrata. Oltre che viva.

Se Michele venisse con me al supermercato e la potesse vedere se ne renderebbe conto anche lui.

Se invece un istante fa mi avesse sentita urlare: Dio mio.

Uno, due, tre.

Respirare.

È tutto a posto.

Tutto a posto.

Gu è qui adesso, è addosso, la mamma non ha urlato, la mamma le parolacce non le conosce neanche, lui lo sa, e infatti mica si è messo a piangere, anzi, ride: appende le manine ai cerchietti d'oro che ho alle orecchie, tira. E ride.

«Amore, piano» dico.

Questa sì, ecco, la riconosco, è la mia voce: la voce sua.

Mi tolgo gli orecchini, li consegno a lui, sono suoi: sono sua.

Uno, due, tre.

Tea Fidelibus li porta giganti e sempre uno diverso dall'altro, gli orecchini. Oggi pomeriggio ne aveva uno a forma di stella e uno a forma di pesce.

Era proprio davanti a me, alla cassa: ha comprato degli yogurt, delle birre, due pizze surgelate... ma sembrava già altrove, mentre quella piccola spesa passava sul nastro.

Magari qualcuno la stava aspettando a casa.

Fabiano Lombardo, l'attore che fa Lui in "Testa o Cuore", credo.

Tea Fidelibus è Lei: si chiamano così i due protagonisti della serie, semplicemente. Lui e Lei. E in una puntata si prendono una pausa di riflessione, in una puntata tornano insieme, in una invitano per la prima volta i suoceri a cena, in quella di ieri hanno sbagliato strada per andare a un matrimonio di amici e sono finiti in una Comune: insomma si mettono in tutte le situazioni più normali e più assurde in cui una coppia può ritrovarsi. Il bello è che per metà puntata (nella parte intitolata "Cuore") Lei e Lui reagiscono alle cose d'istinto, seguendo il cuore appunto, e per l'altra metà (intitolata "Testa") reagiscono a quelle stesse cose ragionando per bene. E cambia tutto! Così si capisce che la vita di ognuno di noi dipende da questo: se lasci il comando al cuore o alla testa, appunto. Tanto comunque ci sono dei problemi. Alla Comune, per esempio, Lei e Lui, nella prima parte ("Cuore") si dicono perché no?, freghiamocene del matrimonio degli amici e restiamo qui: così Lei si ritrova a letto con una specie di capo indiano, Lui con due gemelle americane, tutto sembra possibile, allegro, e si convincono che la gelosia sia solo "un trucco instillato dalla società per alimentare le nevrosi e di conseguenza il capitalismo". Ma al primo qui pro quo, una sera in cui non è chiaro a chi spetti lavare i piatti, Lei all'improvviso scoppia, si getta su una delle gemelle e le graffia la faccia, urlando: "Li devi lavare tuuuu!", ma naturalmente il motivo per cui è così arrabbiata è un altro. Invece nella seconda parte ("Testa"), Lui e Lei girano per la Comune con una guida turistica in mano, come se stessero visitando un sito archeologico, con quello stesso distacco. "Quella è un'orgia, quell'altra è una coppia che s'illude di resistere al tradimento manifesto e organizzato" spiega Lui a Lei, leggendo dalla guida e indicando quello che succede nelle varie camere da letto. "Che assurdità" commentano. Ma un'ora dopo, mentre sono al party per il matrimonio dei loro amici, a Lei prende un attacco di colite e a Lui cade il primo capello, e: "Ecco i segni della rinuncia a cui ci siamo costretti" dice Lei.

Chi si inventa le battute è davvero geniale, secondo me è uno psicologo, ti fa pensare a cose a cui non penseresti mai.

Fabiano Lombardo e Tea Fidelibus, poi, sono troppo bravi a recitare gli innamorati per non esserlo veramente.

Stasera si saranno ubriacati, proprio come noi della prima B quella notte a Pompei.

Marci di tequila, non ci eravamo nemmeno resi conto del rumore che facevamo: marci di birra, non si saranno nemmeno resi conto di quanto facevano schifo le pizze surgelate, tanta era la voglia di spogliarsi, di saltarsi addosso.

Che ore sono? Quasi le dieci. Staranno facendo l'amore per la seconda volta, adesso. Forse per la terza. E avranno ballato, fra la seconda e la terza. Sì, avranno ballato. Un lento? No, un tango argentino. Avranno ballato un tango. Come nella seconda parte di quella puntata di "Testa o Cuore" dove Lei insiste sull'importanza di avere degli interessi da condividere e trascina Lui a tutti i corsi possibili e immaginabili. Compreso quello di tango, appunto.

Uno, due, tre.

Tutto a posto: ora è davvero tutto a posto.

Fosse pure che l'abbia urlata proprio io quella cosa lì, non succederà mai più.

Più. Mai.

E Gustavo lo sa. Mi ha accoccolato la testolina fra il collo e la spalla, stringe in un pugnetto gli orecchini, l'ultimo pezzo di cioccolata gli è scivolato dalla bocca sulla mia camicia. Sta per addormentarsi.

«Gu, tesoro, perdona la mamma, è solo un po' stanca.»

Sono solo un po' stanca. Sono solo molto, molto stanca.

«Ma'.» Viola si affaccia dalla porta della cucina.

«Finalmente. È un'ora che ti chiamo.»

«Ho mal di pancia.»

Si avvicina al tavolo, si siede al mio posto, di fronte al mio computer, al mio profilo facebook. Al mio gruppo.

«Viola, per favore, non ti ci mettere anche tu.»
«Ma è colpa mia se mi fa male la pancia?»
Giustamente crede che mi riferisca a quello. Che cosa potrebbe interessarmi più del suo mal di pancia? Ha ragione. Ci mancherebbe altro. Ha ragione.
«Che fai?»
«Vado sul sito delle Bratz.»
«Fai pure, tesoro.»
Fai pure: sono tuoi. Il mio computer: è tuo, il mio profilo facebook, il mio gruppo. Tuo, tuo. E i miei orecchini sono di Gustavo. Fai pure, tesoro.
«Ti preparo una camomilla.»
«Non mi va, è calda.»
«Appunto.»
«Non mi va.»
Invece la bevi. E poi prendi Gu in braccio, lo porti a letto, ti metti a letto pure tu e mi lasciate commentare le foto che ha postato Fulvio Renna. Porca puttana.
«Ti farà bene.»
Rumore di chiavi, rumore di passi.
«Tiparaene» ripete Gu improvvisamente di nuovo sveglio, sveglissimo.
«Papà!», scatta in piedi Viola.
Preme un tasto, spegne il computer, ma non come si deve: tutto d'un colpo.
Lo chiude con un gesto solo, uno dei suoi, veloce e sciatto, lo schermo dà uno schiaffo alla tastiera.
Fai pure, tesoro. Fai pure.

100 grammi di gherigli di noci
3 confezioni di mozzarelline di bufala
mezzo litro di panna fresca
4 uova
600 grammi di ricotta affumicata
1 confezione di farina 00
1 confezione di farina 1
1 confezione di maizena
1 confezione di bustine di vanillina
1 barattolo di capperi
1 tubetto di senape
1 barattolo di filetti d'acciuga sott'olio
2 barattoli di pelati
2 pacchi di spaghetti De Cecco
1 confezione di pancarré a fette

«Pronto.»

«Fabiano!»

«Tea.»

«Che entusiasmo.»

«Ho il cervello fritto, scusa, oggi quella mi ha fatto impazzire.»

«Guarda che c'ero anch'io. È una perfezionista, dai, ma non dirmi che preferiresti lavorare con uno di quei registi televisivi per cui l'unica cosa che conta è timbrare il cart...»

«Tea, scusa: davvero adesso ho solo bisogno di un bagno caldo e di non esistere fino a domani. È successo qualcosa?»

«...»

«Tea?»

«Fabiano, non è per niente carino pensare che se un'amica ti chiama debba essere successo qualcosa. Magari ha solo voglia di sentirti, no? È normale, capita.»

«Se con quell'amica sei stato insieme dalle sette di stamattina a mezz'ora fa può capitare, certo. Ma non è così normale.»

«Senti, comunque oggi la scena delle tendine tirolesi ci è venuta bene, no?»

«Tea.»

«Fabiano.»

«Tea, allora, io ci sono: lo sai. Però, se adesso ti va solo di chiacchierare un po', posso chiamarti dopo il bagno?»

«L'ha rifatto.»

«Chi?»

«Riccardo. Io l'ho implorato: parliamo. E lui l'ha rifatto.»

«Ha scoperto qualcosa?»

«Magari.»

«Magari?»

«Sì, almeno ci sarebbe un senso.»

«Vero. Forse, se Riccardo fosse in grado di scoprire che c'è Anthony, Anthony non sarebbe mai arrivato. »

«Chissà.»

«Chissà.»

«Comunque stavolta se l'è presa con la porta della nostra camera da letto. Cioè, la mia; quanto sarà che non dormiamo insieme? Non che sia stata mai la più cara delle nostre abitudini dormire insieme, anzi, all'inizio ne facevamo quasi un vanto: è un modo per difenderci dal due, dicevamo, dall'orrendo, viscido, insidioso, impossibile due, è un modo per preservare l'uno più uno, e se ci pensi, Fabiano, avevamo ragione dai, tutti dovrebbero ammettere che...»

«Tea.»

«Fabiano, ma lo sai che, da quando stai con Enrico, non ci si può più confidare con te? Hai preso come un disprezzo divino, una superiorità morale rispetto ai casini e alle incoerenze di noi miseri e mortali...»

«Te...»

«E va bene, tu ora sei felice. E va bene, sei sereno. E va bene, hai scoperto di essere capace di essere tutte e due le cose, e come se non bastasse nello stesso momento.»

«Tea guarda ch...»

«Ma l'amore dovrebbe aprirci ai problemi degli altri, non farci barricare nella nostra...»

«Tea: ho solo bisogno di farmi un bagno. Senti, perché non vieni a cena da noi, così ci racconti tutto per bene?»

«Ah, certo.»

«Che?»

«Noi.»

«Che ho detto di male?»

«Niente, niente. Figurati. È che ormai esiste solo "noi", Fabianoedenrico. Se uno vuole spalancare la sua anima con te non può più farlo. Deve farlo con il mostro bicefalo. La coppia.»

«Tea, questa non è tua.»

«Infatti. È dell'ultimo monologo di Riccardo. Geniale, no? Il mostro bicefalo: la coppia. E poi uno si domanda perché, anche se dieci minuti fa mi ha fracassato la porta della camera a calci, io non riuscirò mai a lasciarlo.»

«Dovresti.»

«Mi riempie la vita.»

«Te la blocca.»

«Lo amo.»

«Non ti dà più niente.»

«Sempre meglio di qualcosa.»

«Che?»

«Sì. Niente. Niente è sempre meglio di qualcosa, per chi non può avere tutto.»

«Pippe cerebrali.»

«No, è così. E lo dico disperata, non ti credere. Hai presente la tipa del supermercato?»

«Oddio, no, Tea, basta... ancora lei: la signora Cunningham del centro di Roma?»

«Sì.»

«Non ne posso più di questa storia.»

«Che ti devo dire, Fabiano? Ci dimentichiamo di vivere ma poi, ecco: ecco qualcuno che ci ricorda come si fa. Capita a tutti, no? E a me è capitato con lei. Non immagini che spesa ha fatto oggi. La farina 1, per dire: lo sapevi che esiste?»

«Forse.»

«Appunto. Comunque, lei si capisce benissimo che ce l'ha.»

«Che cosa?»

«Tutto. Cioè: tutto quello che ha sempre desiderato. Due bambini che la adorano, un marito che sicuramente non spacca porte quando c'è da parlare, delle amiche che, e non voglio fare polemica ti assicuro, preferiscono senz'altro parlare al telefono con lei piuttosto che farsi uno stupido bagno.»

«Senti Tea, sarà che io guardavo "Happy Days" solo per i tricipiti e gli addominali di Fonzie, e sempre maledetta sia quella maglietta bianca che non toglieva mai il disturbo, ma...»

«Ma guarda caso anche uno come Fonzie dov'è che andava sempre a parare? Nel salotto dei Cunningham! E Marion Cunningham era la sua stella polare, come per tutti. Lo sai perché?»

«Perché?»

«Perché la signora Cunningham ha una vita che, se la guarda, pensa: sì, è mia! Suo il salottino con il divano a fiori, sua la cucina, Howard, Richie, Sottiletta. Suoi. E certo che allora per gli altri è un punto di riferimento imprescindibile, è il sacchetto con i sassolini di Pollicino, è il filo d'Arianna.»

«Marion Cunningham?»

«Sì, lei e tutte le signore Cunningham del mondo. Con quelle vite loro e basta. Quella certezza di essere nell'unico posto al mondo dove possono e devono essere. E ti sembrerà assurdo, ma io lo so che cosa significa! Lo so: perché con Riccardo, all'inizio, quella sensazione l'ho provata.»

«Bella forza. La proviamo sempre, tutti e con tutti, all'inizio.»

«No! No, Fabiano. Non è vero. Io non l'avevo mai provata prima di Riccardo, non l'ho più provata dopo. Ce l'ho sempre dentro:

una notte in Cile, nel deserto di Atacama, era il nostro primo viaggio insieme. Mi sono svegliata, saranno state le tre, tutto faceva silenzio fuori dalla camera del nostro ostello, dentro Riccardo russava: e ho pensato, ecco. Ecco. In questo momento non mi manca niente. Non mi manca nessuno. Se non Riccardo sveglio. E allora ho fatto cadere l'abat-jour dal comodino, perché si svegliasse. Capisci, Fabiano? Io, io! Io che vorrei sempre che il mondo riposasse, se ne stesse buono, tenesse gli occhi chiusi, mi lasciasse in pace e facesse fare a me, non sopportavo l'idea che Riccardo dormisse, se non dormivo.»

«Di quanti anni fa si parla?»

«Non è importante. È importante averla conosciuta, quell'ansia di dirsi, quel bisogno di darsi. La convinzione di potere diventare qualcosa di più, o magari di meno, comunque di diverso, quando un'altra persona è sveglia. E se quella persona è nostra, anche la vita lo è, o almeno lo sembra. Nostra.»

«Posso almeno cominciare a riempire la vasca?»

«...»

«Tea?»

«Scusa, ho avuto un brivido ai denti, sto mangiando del gelato.»

«Alle otto di sera?»

«È proprio sua, Fabiano... ce l'ha scritto in faccia, ce l'ha nei gesti, nelle cose che compra, nei giri a vuoto che fa per gli scaffali, nell'ansia che non ha mentre aspetta il suo turno al banco del pane. La vita in cui la signora Cunningham del mio supermercato si alza ogni mattina, in cui va a letto, in cui è un po' triste, un po' felice. È sua. E siccome è sua può permettersi il lusso del qualcosa...»

«Ma il gelato lo consideri una cena o ti rassegni a non avere più dodici anni e vieni qui per un dignitoso, se pur scontato, piatto di pasta?»

«... qualcosa di speciale da cucinare, qualcosa di divertente da leggere, qualcosa di nuovo da fare. Qualcuno da amare che mentre è sveglio le dia magicamente e semplicemente qualcosa, da prendere. L'infinità del resto che nel frattempo ci sarebbe da mangiare, da leggere, da fare, da incontrare non la riguarda. Capisci? Se si ha tutto, non si può avere paura del qualcosa. È questo che mi frega con Anthony. È per questo che non ce la farò mai a lasciare Riccardo.»

«Basta. Troppo difficile per me, Tea. Hai presente la regola dei nostri sceneggiatori? Se il pubblico fatica a capire una battuta non è colpa sua, è colpa nostra. Ecco. Se io fossi lo sceneggiatore della tua storia, lo sai, farei vincere i buoni, magicamente e semplicemente: farei vincere Anthony.»

«Ma come farebbe a vincere Riccardo, che non ha nemmeno partecipato? Ti pare abbia mai sinceramente lottato per conquistarmi, o tenermi sua?»

«Infatti.»

«Infatti! E se non ha mai partecipato non può vincere, ma non può nemmeno perdere. Eddai Fabiano, è così facile: tutto quello che nel suo profondo è inafferrabile, almeno ti fa venire voglia di allungare le mani, ti fa pensare che abbia un senso provarci. Dunque? Dunque niente è sempre meglio di qualcosa, per chi non può avere tutto.»

«E se invece la Cunningham fosse una che sto qualcosa l'ha messo in conto?»

«Cioè?»

«Cioè è semplicemente una persona matura, Tea, che probabilmente dalla vita ha avuto poco, rispetto a te, e quello che tu puoi considerare "qualcosa" lei lo considera "tanto", magari addirittura "tutto".»

«Dunque, secondo te, anche io potrei essere una signora Cunningham se... se cosa?»

«La vasca è piena, Tea. Ci vediamo fra poco, dai.»

«Non posso, sto aspettando Riccardo. Ora è uscito, maledicendomi come al solito, ma dagli due ore e tornerà. Dobbiamo parlare.»

«Ci sarà un'altra porta rotta, lo sai vero?»

«La signora Cunningham non rinuncerebbe mai ad avere un dialogo costruttivo con suo marito.»

«La signora Cunningham non avrebbe mai sposato Riccardo.»

«Sei proprio un frocio, reazionario e sentenzioso: dei peggiori.»
«F tu una figlia di papà, egocentrica e inutilmente complicata: delle peggiori.»
«Grazie che ci sei.»
«Ti voglio bene.»
«Io di più.»
«Prima che torni Riccardo, apri tutte le porte delle stanze, anche quelle dei bagni. Magari funziona.»

1 BARATTOLO DA 500 GRAMMI DI HÄAGEN-DAZS (MIDNIGHT COOKIES AND CREAM)

Meglio di niente.

Ma sì.

Le sorelle di Michele certamente capiranno che ho fatto male i calcoli, non c'era abbastanza salsa d'acciughe per tutti gli spiedini di mozzarella, una volta a tavola cercherò di fare io le porzioni per dare a loro quelli più aromatizzati: ma comunque se ne accorgeranno.

Forse non me lo faranno notare, perché dopo la rapina sono diventati tutti ancora più cari con me, ma se ne accorgeranno.

La pasta alla ricotta, poi, non è il massimo della fantasia, certo, però la torta alle noci è la preferita di mio suocero.

Ma sì: sempre meglio di niente.

È che mi manca il tempo, Dio mio, è come se scappasse, io lo rincorro, sto per prenderlo e quello di nuovo se ne va.

Oggi, per esempio.

Come è possibile che siano già arrivate le otto di sera, che io stia già apparecchiando la tavola, che fra mezz'ora, al massimo, Michele sarà qui, con i bambini e la sua famiglia?

Come è possibile?

Era solo l'una quando sono uscita dalla banca e sono andata a prendere Gustavo al nido.

Solo le due quando l'ho messo a riposare, dopo pranzo.

Solo le due e mezza quando ho fatto la spesa.

Solo le tre quando mi sono accorta che la tovaglia per stasera, quella grande con le api ricamate lungo il bordo, aveva bisogno di una rinfrescata.

Sempre solo le tre quando Gu si è svegliato.

Solo le quattro quando sono iniziati i "Teletubbies" e il pullmino della scuola ha riportato Viola a casa.

Solo le quattro e mezza quando Viola mi ha aiutata a preparare la torta e a sbattere le acciughe con la senape.

Solo le cinque quando è tornato Michele, e i bambini non se l'aspettavano, abbiamo voluto fargli una sorpresa, e: «Chi è che mi accompagna a mangiare un gelato da Parad Ice e poi in stazione a prendere i nonni e le zie?» ha chiesto lui, e loro ioioioioio, pazzi di felicità.

Adorano il gelato di Parad Ice, adorano i nonni, adorano le zie: adorano Michele.

Solo l'una, era solo l'una, erano solo le due, le tre, le cinque: e ora sono già le otto.

Meno dieci

Dio mio.

Come si fa ad avere tempo per tutto quello che si ha da fare?

L'ho scritto proprio oggi, su facebook, appena Michele e i bambini sono usciti.

Del gruppo "Quelli della mitica B del Rousseau 1991-1996" era collegato solo Davide Morelli.

Speravo ci fosse Fulvio Renna, avrebbe commentato il post con una delle sue battute da morire dalle risate. Come gli vengono, mi chiedo – ce lo siamo sempre chiesto tutti. Una volta la Smith, la professoressa d'Inglese, lo aveva chiamato alla lavagna per interrogarlo e lui aveva risposto: «Ma scusi, non lo vede che sto ripassando Storia? Un po' di rispetto: voi inglesi dovreste essere campioni d'educazione, no?». È uno così, Fulvio, imprevedibile, divertentissimo.

La sua ragazza per tutti e cinque gli anni era stata Paolina Catone, la più bella della classe. Non è iscritta al nostro gruppo, lei, sapevo che si era laureata in Legge, poi Giulia Fedrizzi un giorno ha scritto in un post che l'ha incontrata in metro, era più o meno sotto Natale, e che le ha raccontato (stanca, ha specificato Giulia, gliel'ha raccontato stanca) di avere sposato un ingegnere di Toronto e di essersi trasferita lì, in Canada.

Giulia le ha detto del nostro gruppo, ma Paolina niente: non si è iscritta.

Credo non si siano lasciati bene, con Fulvio.

Lei sembrava così innamorata.

Poveretta.

Continuo sempre a sperare che almeno non abbia mai saputo di quella notte al Circeo.

Ma no, come potrebbe.

Con Fulvio comunque, da quando c'è il gruppo, non ne abbiamo mai parlato. Giulia Fedrizzi era stata l'unica a sapere: ma anche lei, giustamente, fa finta di niente.

In fondo sono passati tanti di quegli anni.

– e chi lo sa, erica? ci vorrebbero giornate di trentasei ore!

mi ha risposto Davide Morelli.

Già. Ha ragione.

– o di quarantotto!

ho scritto io.

– forse invece bisognerebbe mandare tutto al diavolo e trasferirsi su una spiaggia alle hawaii, io adesso lavoro in un'agenzia turistica e tutti i clienti che ci sono andati mi dicono sia il posto più felice del mondo.

ha scritto lui. E ha allegato il videoclip di una canzone molto allegra, una specie di salsa, che nor. conoscevo. Se sapessi ballare, mi avrebbe messo voglia di farlo.

– mette voglia di ballare.

Io.

– mette voglia di prendere la vita come un hobby.

Lui.

Poi è squillato il telefono, era la madre della migliore amica di Viola, c'è un problema con una maestra, potrebbe essere trasferita in un'altra scuola e non ci vorrebbe proprio, i ragazzini le si sono talmente affezionati. Ha cominciato a parlare, poveretta, si agita così facilmente: è proprio una tragedia questa, diceva, noi genitori dobbiamo fare il possibile perché non accada, e io avevo il telefono in una mano, con l'altra ho scritto a Davide Morelli:

– perdonami, devo andare, buona serata.

e ho chiuso il collegamento.

Anche perché nel frattempo eccole: le otto.

E chi se le aspettava così presto. Dio mio. Con la tavola ancora da finire di apparecchiare, la doccia da fare, il vestito da scegliere.

Michele fa finta di no, ma ci tiene che non mi lasci andare.

Sei sempre la più bella, mi dice, però ogni tanto lo capisco benissimo che non lo pensa, o meglio: lo pensa ma non perché stia guardando me in quel preciso momento, lo pensa pensando alla fotografia che tiene sul display del cellulare.

L'ha scattata a Ferragosto di due anni fa, al lago: Gu fa una smorfia assurda, Viola un sorriso dolcissimo dei suoi, ancora più dolce perché due giorni prima era caduta dalla bici e le si era spezzato un incisivo. Io ho un vestitino stretto sul seno, che lo lascia intuire (ma non così aderente da fare saltare dritti i capezzoli: questo a Michele non piace, sono solo miei, dice), le ginocchia scoperte, ai piedi i sandali di cuoio chiaro che mi ha regalato lui tornando da un viaggio di lavoro a Milano.

Una fotografia a cui quando voglio posso ancora somigliare, e questa è una grande fortuna.

Non sarò stata la più bella della classe, come Paolina, ma forse è un bene, non so come dire: Giulia mi ha raccontato (in una chat privata, naturalmente, mica lo poteva urlare ai quattro venti) che quel giorno, sulla metro, le è sembrata proprio una donna qualunque e tutti i suoi difetti (la ricrescita castana che avanzava sulla tinta mogano, l'ombretto troppo pallido, il soprabito troppo largo) erano messi in evidenza proprio dalle cose che a sedici anni la facevano splendida (i riccioli lucidi che più maltrattava più si sistemavano da soli, attorno al visetto da bambolina, agli occhi d'inchiostro che mandavano segnali bui, pericolosi: scegli me, scegli me, scegli me, sembravano dire a tutto il mondo).

Insomma. Quelle che erano le più belle della classe a sedici anni e restano splendide anche dopo i trenta si contano sulle dita di una mano: sono quelle alla Tea Fidelibus, fanno le attrici, le ballerine, le modelle.

Mica sposano un ingegnere che le trascina, stanche, a Toronto.

Hanno la stranezza dalla loro: perché a sedici anni Paolina, Dio mio, era fantastica, sembrava avere inventato gli occhi, il modo di fare oscillare le braccia mentre si cammina, di tenere lo zaino. Ma non era strana, anzi, l'opposto: faceva sembrare strane tutte noi altre semplicemente per il fatto di NON essere Paolina Catone. Era un vantaggio il suo, lì per lì, era il, vantaggio. Eppure il tempo (sempre lui!, mentre sono già le otto e quattordici e sì, ok, vada per questo, con i fiorellini bianchi e i bottoncini lungo tutta la scollatura, Michele fra il primo e il secondo mi seguirà in cucina e mi sbottonerà i primi due, io gli dirò ma sei matto?, però mi farà piacere e comunque farà piacere a lui) se l'è presa con Paolina proprio per lo stesso motivo per cui noi le portavamo infinito rispetto, a scuola: non era una strana, lei. Somigliava a Kelly LeBrock nella *Signora in rosso*, le dicevano tutti. Tea Fidelibus a sedici anni sono certa non somigliasse a nessuno. Con quella faccia che non sta mai ferma, quegli occhi liquidi un giorno grigi un giorno acquamarina, quei capelli un giorno corti un giorno lunghi fino al sedere, somiglia solo a se stessa: e infatti non è diventata la moglie stanca di un ingegnere di Toronto, è diventata famosa.

Le strane fanno così.

Mangiano gelato a colazione, pranzo e cena, fanno l'amore mentre gli altri sono al lavoro, vanno in pigiama a fare la spesa (io l'ho vista una sola volta farlo, ma la cassiera in fondo a sinistra, che sa sempre tutto, mi ha assicurato che lo fa spesso: ed è proprio un pigiama! Senza dubbio: felpato, a quadretti rossi e blu).

Fanno come gli pare, insomma, le strane.

Noi altre, tutte, dobbiamo farci i conti: prima o dopo? Ragazzine meravigliose, che mentre vivono e basta non si preoccupano di una metro su cui saliranno da lì a vent'anni, stanche, e dove incontreranno un'ex compagna di superiori che osserverà (con una certa soddisfazione: va detto) la promessa infranta di quello splendore eterno, oppure donne piacevoli, che nella normalità del loro aspetto fisico fin da piccole, e con crescente astuzia, si impegnano a scovare due o tre particolari che un giorno, se ci metteranno un po' di cura a prepararsi, faranno ancora esclamare al marito, sinceramente "sei sempre la più bella"?

Dobbiamo farci i conti tutte, noi altre.

Tea Fidelibus no.

Ha la stranezza dalla sua.

Ieri sulla Cronaca di Roma del "Corriere della Sera" ho scoperto che è sposata: non lo sapevo!

C'era un trafiletto in cui si annunciava che in un teatro occupato (da chi non lo specificavano, credo dagli studenti arrabbiati di qualche liceo: noi della mitica B ne sappiamo qualcosa perché per due settimane, in quinta, mi pare contro la guerra in Iraq o forse in Jugoslavia, ci eravamo rifiutati di fare lezione e avevamo proiettato vecchi film, organizzato dibattiti, dormito a scuola. E se, la penultima notte dell'occupazione, Fulvio non si fosse dimenticato il sacco a pelo e non mi avesse chiesto di infilarsi nel mio, forse poi, di lì a quattro mesi e mezzo, al Circeo, mentre Paolina poveretta era rimasta a casa con gli orecchioni, non sarebbe successo quello che è successo) la sera tal Riccardo Bruni avrebbe recitato dei pezzi tratti dai suoi monologhi.

Fra parentesi, dopo Riccardo Bruni, c'era scritto "marito di Tea Fidelibus".

Un po' mi è dispiaciuto, ero certa che fosse fidanzata con Fabiano Lombardo, l'attore di "Testa o Cuore". Ma sicuramente questo Riccardo Bruni è ancora più charmant, parola che usa in continuazione Giulia Fedrizzi per ricordarci che ha vissuto due anni a Parigi, finite le superiori. D'altronde la passione di Tea Fidelibus è il teatro, si sa, magari lei e Riccardo Bruni si saranno conosciuti durante uno spettacolo, lui faceva Romeo, lei Giulietta, poi la compagnia avrà preso a girare per l'Italia, forse addirittura per l'Europa, e una notte si saranno ritrovati a dividere lo stesso sacco a pelo.

«Sei dolce» mi ha detto Fulvio, la penultima notte dell'occupazione, quando mi ha chiesto posso?, e improvvisamente era vicinissimo.

«Grazie» ho risposto io. Ma lui si era già addormentato e russava, piano, poi forte, poi di nuovo piano.

Dopo quattro mesi e mezzo saremmo andati al Circeo, tutti a casa di Giulia Fedrizzi

Tutti tranne Paolina Catone.

Nel trafiletto sul giornale non c'era una foto, ma sento che Riccardo Bruni potrebbe avere qualcosa che ricorda Fulvio Renna. L'aria maleducata ma in fondo buona, che ne so, le spalle forti, la voglia e la possibilità di fare ridere tutti.

Comunque sia: Tea Fidelibus non ha dovuto scegliere se essere fantastica a sedici anni o esserlo ora, quindi, mentre non era impegnata a scegliere, l'amore della sua vita le sarà andato incontro.

Va tutto incontro, a persone come lei.

Che mettono voglia di ballare pure a chi non sa farlo.

Di prendere la vita come un hobby.

2 chili di mandarini
2 cespi di radicchio rosso
1 retina di patate
1 litro di latte intero
4 petti di pollo
3 barattoli di marmellata all'albicocca senza zuccheri aggiunti
1 pacco di cereali con fragole e lamponi
1 confezione di fette biscottate (ai cereali)
1 confezione di sale grosso
1 tubetto di dentifricio alla banana
1 balsamo alle mandorle
1 flacone di anticalcare
1 confezione di carta igienica (prendi 12 paghi 10 rotoli)

TEA FIDELIBUS: IL MIO UNICO HOBBY? INNAMORARMI.

Sbatto la copia di "Vanity Fair" sulla tastiera del portatile di Riccardo.

«Wendy, fai attenzione.» Lui.

«Ti rendi conto?»

«Di che?» Alza finalmente gli occhi, sempre sporchi di sonno, dal pc.

«Come di che?» Perché, perché fa così? Così come? Così.

«Non urlare, ti prego. Non ho fatto niente di male.»

«Ma chi urla? È il mio tono di voce, questo. E non ce l'ho con te, possibile che devi sempre metterti in mezzo?»

«Lo vedi: ce l'hai con me.»

«Perché fai così?» Mi viene da piangere.

«Così come?» Ecco: ora è lui che alza la voce. Davvero però.

«Così! Io ti faccio vedere la prima copertina che "Vanity" si degna di dedicare a me – me, capito? –, dove però dal titolo sembra che io sia una troia, e il problema diventa il modo non del tutto equilibrato con cui io mi rivolgo a te?»

«Per Dio, smettila di urlare.»

«Sei tu che urli.»

«Puttana» sibila, e lancia "Vanity Fair" contro la parete di fronte alla sua scrivania.

«Ecco!»

«Che?»

«Sei d'accordo con lei.»

«Con chi?»

«Con la giornalista! Mi hai appena dato della puttana.»

«Sei pazza. Non l'ho mai detto.»

«Ti odio.»

«Crepa.»

Recupero "Vanity", ora chiamo Anthony e commento l'intervista parola per parola con lui, penso, e ingoio le lacrime, Anthony-sa-ascoltare-Anthony-sa-capire-grazie-vita-che-mi-hai-fatto-incontrare-Anthony, mi ripeto come fosse un mantra, e anzi stasera lo faccio, decido: sì, lo faccio. Prendo e mi trasferisco da lui.

Salgo al piano di sopra, mi chiudo a chiave in camera nostra. Cioè da quasi un anno mia. Però comunque nostra. Comunque, nel senso che non l'ho mai sentita davvero nostra, anche quando ci capitava di dormire insieme. O forse è da sempre e solo sua, di Riccardo: che non sa esserci e nemmeno non esserci, e che dunque, quando non c'è, quando non occupa realmente uno spazio, c'è più di quando lo occupa.

Digito col cellulare *tu*, che è il nome con cui ho memorizzato in rubrica Anthony, spingo *invio*, ma eccolo. Striscia dietro la porta. Nostra, mia, sua.

«Wendy?»

«Mi chiamo Tea.»

«Wendy.»

«Che c'è.»

«Fammi entrare, dai.»

Interrompo la telefonata al primo squillo. Chi ci sarà dietro a quella porta? Chi? Anthony mi richiama subito, metto il silenziatore, non rispondo.

«No.»

«Essù.»

Insiste. Anche Anthony insiste, continua a chiamare a ripetizione. Si starà preoccupando: lui è fatto così, è fatto bene. Io no, purtroppo. E spengo il cellulare.

«Scusa ma non ce la faccio a litigare oggi, Riccardo. Sono già abbastanza sottosopra per la copertina.»

«Ma io voglio commentarla, non voglio litigare.»

Chi? Chi ci sarà dietro la porta?

Il marito con cui, da quando abbiamo smesso di fare l'amore, non riesco nemmeno più a parlare? Il mio torturatore perverso, senza cuore? Il mio bambino innocente? L'amico che ho perso? Quello che non ho mai avuto? Che non ho mai avuto, dunque non perderò mai?

O semplicemente, terribilmente: lui?

L'unico essere umano che è arrivato lì, nel fondo di me, dove non credevo ci fosse spazio che per uno specchio con cui guardarmi meglio o al massimo per una foto in bianco e nero di mio padre da giovane, con la faccia cotta dal sole di montagna, che a pochi passi dalla cima mi prende sulle spalle e sorride: «Dai, se non ce la fai più ti porto io, manca un'altra ora prima di arrivare», mentre in realtà siamo già arrivati e allora è come se mi dicesse: "Dai: proprio perché puoi farcela, perché ce l'hai già fatta, io non ho paura di aiutarti, oggi e sempre"?

Viene da chiamarlo amore mio, subito, chi prende il posto di quello specchio, di quella foto in bianco e nero.

E a me così è subito venuto da chiamare Riccardo: amore mio.

Era il ventinove febbraio di dieci anni fa quando ci siamo conosciuti.

«Strane, le cose che succedono in un giorno che capiterà di nuovo solo fra quattro anni.» Io.

«Strane, le cose che succedono.» Lui.

Aveva gli occhi marrone triste, la barba sporca di evidenziatore rosa e una camicia aperta sopra a una felpa con Paperoga.

Dovevo laurearmi, avevo scelto lui come relatore.

Insegnava Storia del teatro, niente riusciva a distrarmi da me stessa, ma Riccardo c'è riuscito. Subito.

Ero entrata in quell'aula e stava parlando di un gatto che girava per il cortile dell'università, mendicando avanzi. Aveva un pelo incredibile, bianco a strisce rosse. Non arancioni, proprio rosse. Era scheletrico e con il musetto coperto di rogna. Vedete? La vera arte dovrebbe essere come quel gatto, sinceramente affamata, ladra senza farlo apposta e bella senza saperlo, diceva lui.

Anch'io ero sinceramente affamata: perché mangiavo solo se capitava e perché appunto il mio unico hobby era innamorarmi, ma non nel senso che lascia intendere la copertina di "Vanity". Dentro l'articolo, almeno, la giornalista ha riportato le mie parole esatte:

«Ho questa sensazione di vuoto, dentro: mi passa solo quando recito o quando m'innamoro. Da piccola i miei genitori le hanno provate tutte: mi trascinavano a nuoto, pattinaggio, ginnastica artistica. Niente, il mio unico hobby era innamorarmi. Non vivere una storia d'amore, capisce? No: proprio prendere la scossa da qualcuno... ha presente, le pulsazioni che diventano matte se lui ti passa davanti, se si rivolge casualmente a te? In un modo o nell'altro io mi sentivo bene solo lì. Un istante prima del primo bacio, un istante dopo la prima volta. Quando ti svegli in una camera che non ti eri mai immaginata fino a quel momento, capisce? E ti sforzi di interpretare un odore, un taglio di luce. Ecco. Se però poi cominciava una storia, subito non ne potevo più: e tornava, ancora più acida, più inesorabile, quella sensazione di vuoto.»

Un'anima inquieta, dunque: e il suo lavoro l'ha aiutata a centrarsi, a trovare se stessa?

«No, anzi. Ma sicuramente il vuoto me lo riempie e non come può fare un hobby, che trova il tempo che trova. Recitare è proprio la mia passione. Il mio solo rimedio all'esistenza, direi.»

Quindi il matrimonio con Riccardo Bruni [critico teatrale e performer, NdR] *resiste perché ha a che fare con questa passione?*
«Con Riccardo ci siamo trovati nel mondo, è un altro discorso. Anche se in effetti lui e il teatro mi danno una consapevolezza simile.»

Quale?
«Quella di valere ancora troppo poco per essere alla loro altezza.»

Ma scusi, che cosa vuole di più? Non le basta essere la protagonista della fiction del momento, che per una volta mette d'accordo critica e pubblico?
«Purtroppo no.»

Potrebbe fare rabbia a chi leggerà quest'intervista, lo sa?
«Mi dispiace, non è colpa mia. Io sono sempre affamata. Sinceramente.»

«Ci facciamo un giro?» mi ha chiesto Riccardo, quando ho finito di esporgli l'idea per la mia tesi, un contorto («in realtà semplicistico, roba da signorine borghesi» aveva provato a interrompermi subito) tentativo di ricostruire per iscritto la scalata della Grande Muraglia Cinese di Marina Abramović, che parte dal lato orientale, sulle sponde del Mar Giallo, e del suo amato Ulay, che parte dal deserto meridionale del Gobi, fino a quando dopo novanta giorni, a metà strada, come erano d'accordo, s'incrociano e, anziché farsi festa e considerare l'impresa riuscita, sentono arrivato il momento di dirsi addio per sempre.

«Ma professore, non le toglie il sonno sapere che cosa può essere successo, in quei duemila e cinquecento chilometri, perché un sodalizio umano e artistico come il loro, dopo dodici anni, sia finito così?»

«Non mi chiamare professore, chiamami Riccardo.»

«Non ti toglie il sonno, ho capito.»

«Ci facciamo un giro?»

E siamo andati col suo motorino fino a un parco che stava per trasformarsi in un garage, dove una gru si accaniva contro i resti delle altalene, abbiamo cominciato a camminare e, per la prima volta, nella mia vita (la prima e l'ultima, nella mia vita) tutto mi è sembrato improvvisamente tanto. Provavo a spiegarlo a Fabiano per telefono, qualche giorno fa, e lui faceva finta di non capire. Ormai tutti fanno finta di non capire, quando parlo di cosa mi lega a Riccardo. È semplicemente impossibile stare con un uomo del genere: dicono. I più generosi aggiungono non è nemmeno colpa sua, poverino. I più severi: è uno che sa pensare solo a sé, basta.

Ma nessuno era con me, nessuno era con noi, quel giorno a cui l'anno di solito rinuncia per un primo marzo, in quel parco a cui la città rinunciava per un garage.

«Non bisognerebbe mai dimenticarsi dei pioppi» ha detto lui, indicandone uno.

«È vero.»

Non c'era cosa che lui dicesse che non mi suonasse nuova, sconosciuta e nello stesso tempo familiare.

Il pomeriggio è diventato sera, la sera è diventata notte, la notte mattina e ci ha trovato nel suo monolocale, affacciato al parco-garage, a parlare. Parlare, parlare parlare.

È lì che ho cominciato ad appuntarmi in testa i suoi racconti: con le interruzioni improvvise, i mancati sottintesi, le parentesi. Tutto. Tutto quello che mi sarebbe servito poi, che ancora mi serve, per cercare un filo da seguire che non mi faccia perdere, nel labirinto senza illuminazione che gli fa da principio di realtà.

«Ci siamo dimenticati di baciarci» ha detto alla fine, saranno state le dieci, mettendo sul fuoco l'ennesima moka, prima di andare a lezione.

Avremmo continuato a dimenticarcene per una settimana.

Poi ce ne siamo ricordati.

Subito dopo Riccardo s'è messo a piangere, soffiandosi il naso sulla manica della mia maglietta.

«È stato così brutto?» gli ho chiesto.

«È stato troppo bello» ha risposto. «Troppo bello per quanto sono brutto io.»

«Tu sei stupendo.»

«No. Sono marcio.»

Avevamo ragione tutti e due.

Dobbiamo avere fatto l'amore, a quel punto.

O forse no, l'abbiamo fatto il giorno dopo.

Chi lo sa: il sesso fra noi è diventato importante solo quando abbiamo smesso di farlo.

C'è sempre stato altro, in gioco.

Qualcosa di troppo definitivo perché i corpi potessero avere un qualche ruolo fra noi.

Con quel gatto rognoso, oltre a una fame perenne, avevo un'altra caratteristica in comune – e per fortuna ho evitato di raccontarlo alla giornalista di "Vanity Fair".

TEA FIDELIBUS: IL MIO UNICO HOBBY?
INNAMORARMI E RUBARE.

Ci mancava solo questo.

Era cominciata, come per tutti comincia tutto, senza che me ne accorgessi.

Una domenica pomeriggio i miei stavano giocando a scopone scientifico con la loro solita coppia di amici, i Rossetti.

Io avevo sedici anni, stavo rompendomi la testa su una versione di latino quando l'ho vista buttata lì, sul tavolo della cucina, aperta e svogliata proprio come il mio dizionario: ma, mentre il dizionario sembrava uguale solo a se stesso, quella sembrava una bandiera scatenata momentaneamente a riposo, sembrava piena di possibilità, infinita. La borsa della signora Rossetti. È successo da sé. Infilarci la mano, prendere il piccolo portafoglio di pelle nera, stringermelo fra le gambe, farlo scivolare nei pantaloni della tuta, andare in camera mia e nasconderlo sotto al materasso.

È successo da sé.

«Teodora, perché lo hai fatto?»

«Non lo so, papà.»

Era vero.

«Teodora: ancora?»

«Papà, non lo faccio apposta.»

Vero.

«Teodora, hai bisogno di aiuto »

Vero, vero, vero.

Ma nessun medico si era rivelato più forte dell'impulso che all'improvviso mi prendeva e si prendeva tutto, purché fosse di qualcun altro, purché non fosse mio.

Finché ecco Riccardo: l'unico medico in grado di curarmi. E senza nemmeno provarci.

«Non è lui che ha guarito you, Tea. You hai guarito sola.» Anthony me lo ripete in continuazione.

Magari ha ragione.

Ma di fatto la mia vita è cominciata a sembrarmi più interessante dei portafogli degli altri solo quel ventinove febbraio di dieci anni fa.

«Vero? Sembra a te così interessante la vita tua? È per questo che nel market spii, come se sei Jessica Fletcher, la spesa che un'altra donna fa?» Sempre Anthony.

«Questo non c'entra.»

«Really?»

Io non sono più sicura nemmeno di chiamarmi Teodora Fidelibus, perché da quando per Riccardo sono Wendy, così penso a me stessa: come Wendy.

Figuriamoci se so perché la spesa della signora Cunningham mi incanta.

Stamattina, per esempio, mentre osservavo i suoi petti di pollo, i suoi cespi d'insalata, il suo balsamo alle mandorle scorrere buoni e tranquilli sul nastro della cassa, mi sono salite le lacrime per il naso, fino agli occhi. Proprio da piangere, mi è venuto. Non dalla disperazione, no, tutt'altro. Mi è salita da dentro alla faccia come una specie di commozione irresistibile, dolce, perché da quella spesa si capiva benissimo che non c'era niente di eccezionale da festeggiare, oggi, in casa Cunningham: ma c'era la vita, semplicemente. Che passa.

Lenta come il nastro della cassa, per tutti.

Ma per qualcuno come la signora Cunningham sopportabile, a tratti magnifica.

Ecco. Questo io l'ho trovato straziante.
Da buttarmi in ginocchio davanti a lei e pregare.
Implorarla:

> Signora Cunningham,
> che giri per il supermercato,
> dammi oggi il tuo amore quotidiano.
> Amen.

Però al suo portafoglio giuro che non ho pensato. Assolutamente.
«Wendy, forza, apri questa porta.» Riccardo insiste.
Apro, lo faccio entrare.
Ci abbracciamo stretti.
«Amore.» Io.
«Bamore.» Lui.
«Ok: bamore.»
Ci sediamo uno accanto all'altra, sul letto.
«Dai, fammi leggere quest'intervista.»
«Tieni.» Gli passo la copia di "Vanity Fair".
L'occhio di bue pazzo dell'impossibile attenzione di Riccardo per un attimo si ferma lì: sull'intervista, su di me. Qualcosa di simile a quello che mi ha assalita prima, al supermercato, mi torna addosso. Potente come un desiderio, soffice come una speranza.
«Allora? Ti pare tutto sommato buona?»
«Bah.»
«Ecco, lo sapevo... sembro una mentecatta, vero? Ma dov'è, che ho sbagliato? Mi sono aperta troppo? Troppo poco? Male? Come al solito non si capisce, vero?, che sono una persona preparata, che ho studiat...»
«Ma no, Wendy, tu vai benissimo.» E mi guarda come fossi ancora l'alunna che dieci anni fa, il giorno della tesi, con gli occhi bassi davanti alla commissione, dichiarava che secondo lei la Abramović e Ulay proprio perché in quei novanta giorni sulla Muraglia si erano resi conto, ognuno per sé, di essere oramai imprescindibili l'uno all'altra, poi hanno deciso di lasciarsi: perché la loro arte non

avrebbe mai potuto ricevere nessuno stimolo dalla soddisfazione piena che dà un amore profondo e ricambiato. Mi guarda con quello stesso paternalismo vagamente affettuoso, vagamente disgustato. «Insomma, la vita è tutta un'illusione, figurati se devi preoccuparti di un giornale che sta in edicola una settimana.»

«E allora perché fai quella faccia schifata?» E lo studio, appesa a ogni muscolo del suo viso, come fosse ancora il professore che quel giorno frettolosamente ha masticato: «Ok, centodieci e lode», ma poi, davanti a tutti, mi ha ficcato negli occhi gli occhi sporchi di sonno e ha detto, promesso, minacciato: «da domani però, per prima cosa ti trasferisci a casa mia, e poi la smetti con queste pagliacciate teoriche da signorina borghese ed entri nella mia compagnia».

«Non faccio nessuna faccia.»

«Invece sì. Che c'è? Che cosa ho sbagliato?»

«Niente, davvero. È carta igienica, se vuoi confrontarti con questa porcheria non potrai mai dire né qualcosa di sbagliato né qualcosa di giusto, una volta fatta un'intervista devi riderci su e basta. Forza, mi è venuta fame, scendo a prendere qualcosa in rosticceria così non ci avveleniamo con quelle merde al tofu che insisti a comprare.» Lo conosco bene: gli sta montando una specie di rabbia, da qualche parte, nemmeno lui sa esattamente dove. Si accende una sigaretta, dà tre tiri nervosi, uno dopo l'altro, la spegne. «Comunque tranquilla: tu sei risultata carina, perfetta per quello che il pubblico lobotomizzato della tv si aspetta da te.»

Sono abituata al suo biasimo per il successo di "Testa o Cuore". Ma il punto stavolta non è questo.

«Si può sapere cosa c'è che non va nella mia intervista, Riccardo?»

«...»

«...»

«Definirmi "critico teatrale e performer" mi pare un po' offensivo da parte di quella giornalista. No?»

1 CONFEZIONE DI HAMBURGER SURGELATI AL TOFU
1 BUSTA D'INSALATA MISTA PRELAVATA
1 CONFEZIONE DI YOGURT VITASNELLA (PRUGNE E CRUSCA)

«No, Viola, aspetta: gli auguri alla nonna.»

La afferro per lo zaino, Michele è già sul pianerottolo, pronto per accompagnarli a scuola, Gu stamattina si è fissato con un mio guanto di lana e non c'è stato verso di farmelo restituire. Eccolo lì, che ci si soffia il nasino e si spinge sulle punte per arrivare al pulsante dell'ascensore.

«Ma mamma, siamo in ritardissimo!» Non è vero, sono tutti in perfetto orario.

«Viola, forza: ora chiamo la nonna, tu le dici tanti auguri ed è finita lì.»

Sbuffa, ribalta la testa all'indietro, gli occhi al cielo: «Che palle!».

«Non si dice, guarda che ti lavo la bocca col sapone!» urla Michele, dal pianerottolo, ma gli viene da ridere e Viola figuriamoci se non lo avverte.

Infatti: «Che palle!» ripete. «Che palle, palline pallette e palloni.»

Mi saltella attorno, certo che è proprio una bambina un po' speciale, penso: con i capelli così lisci, biondi, gli occhi all'insù, da gattina vanitosa. Lei un domani potrebbe essere una di quelle, ecco, una con la stranezza dalla sua. Potrebbe. Ma purtroppo in classe si chiude in una specie di mutismo, dicono così le maestre, "un mutismo educato, per carità, ma pur sempre un mutismo", e questo per noi è incomprensibile: a casa Viola non sta mai ferma, mai zitta e purtroppo è tutt'altro che educata.

«Erica, stai tranquilla: chiamiamo la nonna col cellulare dalla macchina, così le faccio gli auguri anch'io» mette fine alla discussione Michele.

«Il numero sul cellulare lo faccio io, io, io, io!» Chiamare la nonna improvvisamente si trasforma in un'avventura. Sempre saltellando Viola raggiunge il papà sul pianerottolo.

«Ciao mammina.» Mi manda un bacio facendo schioccare le labbra.

«Ti sei lavata i denti? Ti ho comprato il dentifricio alla banana, hai vist...?»

Niente, si è già chiusa la porta alle spalle.

Respiro per un istante il silenzio che la casa fa, di colpo.

Ma dura poco.

Quasi subito squilla il telefono.

«Pronto?»

«Del quarantaseiesimo compleanno di tua madre te ne freghi, eh?»

«Buon cinquantaquattresimo compleanno, mamma.»

«Smemorata e anche cafona, bene.»

È Michele che mi ha insegnato una volta per tutte come trattare mia madre: lei ha bisogno di provocare, sempre. Un po' come Viola che quando aveva un anno e ha cominciato a dormire da sola ci chiamava in continuazione non perché avesse bisogno di qualcosa, ma per verificare la nostra pazienza, il nostro amore incondizionato. Ci si contorceva lo stomaco per il dispiacere, ma di notte abbiamo preso a non risponderle e ci siamo sforzati per essere ancora più presenti durante il giorno, per farle capire che non era necessario tutto quel pandemonio: Dio mio, noi non l'avremmo mai abbandonata! Doveva rendersene conto. Mia madre però non è una bambina da raddrizzare, è una signora da sopportare. E allora l'importante è non considerare mai i suoi attacchi come personali. Soprattutto se lo sono. Bisogna dribblarli, così dice Michele.

«Come va lì, mamma?»

«Benissimo tesoro. Peccato che non verrai mai a trovarmi...»

«Mamma, lo sai che Michele non prende l'aereo volentieri. E poi la confusione non ci piace.»

«Primo: puoi venire qui anche da sola, come ho fatto io l'altra estate. Secondo: quando ti libererai di tutti gli stereotipi che ti opprimono il cervello, Erica? Quando? Formentera è un'isola con tante anime che nemmeno si toccano fra loro, è la prima cosa che mi ha insegnato Alejandro.»

«Se lo dice Alejandro.»

«C'è la confusione che non ti piace, vero: l'anima al botulino, come la chiama Alejandro. Ma c'è anche l'anima hippie, di Formentera. L'anima rock. L'anima mistica. Quella selvaggia. Ha un'energia così potente, quest'isola... sai Erica, io qui sto ritrovando me stessa non solo grazie ad Alejandro, ma proprio grazie all'energia che c'è. Naturalmente mi rendo conto sia qualcosa che può spaventare una persona non del tutto coraggiosa, per usare un eufemismo, come te...»

«Forse hai ragione, sì.»

«Stasera Alejandro mi ha organizzato la festa in un chiringuito sulla spiaggia, pensa.»

«Non farà freddo?»

«A Formentera il freddo non esiste, Erica! E comunque che cosa gli dovevo dire? È talmente entusiasta... ieri ha voluto a tutti i costi che ci facessimo un tatuaggio, con le iniziali dentro al segno dell'infinito.»

«Un altro, mamma?»

«Quello era dietro al collo e le lettere erano dentro al teschio di un pirata. Questo è sulla caviglia sinistra.»

«Ah.»

«Tu purtroppo non eri come lui, alla sua età.»

«Mamma, Alejandro ha solo un anno meno di me.»

«E allora? Tu l'anno scorso avresti organizzato una festa sulla spiaggia per il compleanno di Michele? Dai, di' la verità. Gli hai mai proposto di farvi un tatuaggio?»

«No, mamma.»

«Lo vedi? Si possono avere trentaquattro anni come li hai avuti tu e se ne possono avere trentaquattro come Alejandro.»

«Come sta Eros, mamma?»

«Mi ha chiamato per primo, stamattina. Prima di te, intendo. Che nemmeno mi hai chiamata perché ho dovuto chiamarti io, fra l'altro.»

«Come sta?»

«Bah, non l'ho capito. Dice che non ne può più dei farmaci e non credo sia una delle sue fissazioni, stavolta: è ingrassato otto chili da quando sta lì.»

«Lo andremo a trovare sabato prossimo.»

«Bravi, fate bene. Portate anche i bambini. Nemmeno si degnano di fare gli auguri alla nonna, quei due.»

«Credo ti stiano chiamando proprio ora, con Michele, ma troveranno occupato dato che stai parlando con me.»

«Sì, certo, come no. Comunque gli farebbe bene andare dallo zio. È giusto che imparino la pietà umana finché sono in tempo e capiscano che il valore di una società è dato anche dai suoi rifiuti, che in realtà rifiutano lei. Dai derelitti, dai drogati.»

«Dio mio, mamma.»

«Chiamali un po' come la tua ipocrisia borghese ti permette di chiamarli, tesoro, quelli che stanno in una comunità.»

«Eros è solo un po' confuso.»

«E ci credo. Col padre che ha avuto. Tu lo sai, Erica, che a proposito del mio compleanno, anche lui, proprio come te, se lo dimenticava sempre? Sempre! Ma quello della moglie eccome se lo ricordava... Me lo ricordo perfino io, ancora, quand'è. Figurati. Il sette giugno, come poterlo scordare! Guai a chiedergli di vederci, il sette di giugno!»

Poso la cornetta sul comodino, mia madre sta diventando sorda, anche se non lo ammetterà mai, e urla: potrò fare le mie cose, continuare a prepararmi e accorgermi quando ha finito. Sembra impossibile, ma riesce a non prendere nemmeno fiato se si tratta di parlare male del mio ex patrigno. Nel va-vieni-e-torna che c'è sempre stato attorno a mia madre, l'unico a rimanere con noi per più di sei mesi è stato proprio lui, il padre di Eros. A modo suo, certo. Era un pezzo grosso, uno del Partito socialista, ma io questo l'ho saputo solo in un secondo momento e non ho voluto approfondire: per me era e rimane Broncio, basta. Mia madre lo aveva soprannominato così perché era sempre serio, anche mentre rideva. E lei lo faceva ridere un sacco. Quando lo racconto a Michele, oggi, fa fatica a crederci, ma da ragazza era simpaticissima, mamma. Esagerata, certo, ma simpaticissima. Era una che si costruiva i braccialetti da sola ritagliando i fondi delle bottiglie di plastica colorata, una che quando si è messa in testa di imparare l'hula-hoop è arrivata prima a un torneo regionale, una che le barzellette non solo le sapeva raccontare, se le inventava. E poi ballava, quanto ballava: le bastava sentire la musica per capire come muoversi, che passi fare. Accendeva la radio e tac. Un pezzo rock, jazz, una ballata folk, una samba. Qualsiasi ritmo diventava subito il suo. Perfino il tango sapeva ballare, e senza mica bisogno di andare a lezione, come fanno Lei e Lui nella puntata di "Testa o Cuore" sugli interessi che alle coppie fa bene condividere! No, no. Proprio dentro, ce l'aveva, quel potere magico che a me è sempre mancato ma spero tanto abbia saltato un giro e ora spetti a Viola, che trasforma le mosse che fai in onde, in fantasie morbide, felici. Mamma non si vergognava di niente, di nessuno, non so come dire: le veniva da buttarsi per terra, da fare l'indemoniata, mentre ballava? Lo faceva.

Credo fosse per questo che Broncio non riusciva a lasciarla: per l'allegria che vederla vivere metteva. Ma non riusciva a lasciare nemmeno la sua famiglia. Non ha mai riconosciuto Eros legalmente, e questo è il secondo degli infiniti motivi per cui mia madre oggi lo odia. Il primo è perché alla fine Broncio ce l'ha fatta, ha lasciato la moglie e la figlia. Ma non per mia madre. Per una diciannovenne di una città africana, Mombasa, dove era andato a stare per qualche mese dopo i problemi che erano venuti fuori nel suo partito. Qualche mese è diventato un anno, è diventato per sempre. Broncio non è più tornato: ha messo su un'agenzia che affitta bungalow sulla spiaggia e continua a fare figli con Helena. Si chiama così, sua moglie. Lo so perché sotto Natale, oltre a un assegno per mia madre con cui lei a sua volta può permettersi di mantenere l'Alejandro di turno, ci manda una foto della nuova famiglia. Non fa che allargarsi, è incredibile.

Io non riesco proprio ad avere sentimenti cattivi per quei bimbetti caffellatte, e tantomeno per Broncio.

Sarà che non ci ha fatto mai mancare niente. A Eros, a mia madre, perfino a me.

«Ringrazia Broncio, Erica: se non ci fosse lui non potremmo andare al mare quest'estate», «Ringrazia Broncio: se non ci fosse lui non avresti dei vestiti così carini», «Ringrazia Broncio: che se fosse per tuo padre, quando ha chiuso la libreria dove lavoravo, ci avrebbero messo in una casa famiglia, a me e a te».

A furia di dovere ringraziare Broncio, come dire, mi è venuto naturale farlo.

Non credo poi che mia madre, quando parla di mio padre, sappia esattamente a chi si riferisce. Lei mi ha sempre assicurato che era meglio per me non avere idea di che faccia avesse, quel bastardo che chiamava grandi ideali i suoi porci comodi e aveva distrutto per sempre la ragazzina piena di sogni che era.

«Tuo padre è Erica Jong, mettila così» mi diceva. Perché se non avesse letto *Paura di volare* proprio nei mesi in cui aspettava me, probabilmente nessuno le avrebbe dato il coraggio di portare da sola a termine la gravidanza.

Fatto sta che, non avendo contatti diretti con la Jong, io "papà", nella vita, ho chiamato solo lui. Broncio. Due sere alla settimana e per una decina d'anni, non di più: ma mi sono bastati per arrivare quasi a crederci, che fosse mio padre.

Accendo il portatile, ho ancora un quarto d'ora prima di andare al lavoro.

«Erica?» gracchia la cornetta.

La recupero: «Sì?».

«Hai capito?»

«Certo, mamma.»

«E che pensi?»
«Che hai ragione. Ora però devo andare.»
«Figurati. E quale scusa avresti per scaricarmi?»
«Il lavoro mamma.»
«Ah.»
«Sì.»
«Senti, tutto a posto ora, no?»
«In che senso?»
«La sparatoria, il trauma...»
«È stata una rapina, mamma. E non ho avuto nessun trauma.»
«Perfetto allora.»
«Perfetto. Salutami Alejandro.»
«Anche lui ti saluta. Cioè, ti saluterebbe se fosse qui. È sceso in paese a comprare i festoni per stasera. Mi adora, quel ragazzo.»
«Fa bene. Ciao, mamma.»
«Ciao, Erica.»
Niente: non è ancora collegato nessuno del gruppo, a quest'ora. Faccio per spegnere, ma spunta un pallino verde, sulla destra dello schermo: Davide Morelli!

– buongiorno per tutto il giorno, erica.

– buongiorno a te, davide.

– sono appena arrivato all'agenzia, ma è una mattina stranamente calma... volevo sapere se qualcuno per caso ieri ha visto la puntata di Testa o Cuore, io maledizione l'ho persa!

– ti piace Testa o Cuore?

– perché, a te no?

– io ADORO Testa o Cuore! ieri è stata una puntata super: Lui e Lei devono decidere come ristrutturare la casa.

– immagino le proposte di Lei ☺...

– non sai! nella parte Cuore va a finire che Lei fa tutto da sola con un arredatore gay e si ritrovano la casa rosa shocking, con le tendine tirolesi! poi nella parte Testa prende Lui in mano la cosa... ma non ti rovino la sorpresa, sul sito da oggi pomeriggio si può scaricare la puntata!

– non vedo l'ora. fra l'altro è fatto davvero bene quel sito.

– vero.

– la grafica è molto innovativa

– e ci sono delle foto bellissime degli attori sul set. sai che tea fidelibus fa la spesa al mio stesso supermercato?

– fantascientifico!

– !

– che tipa è dal vivo?

– strana.

– è vero che è anoressica?

– secondo me no. ieri per esempio ha comprato degli hamburger surgelati al tofu e dell'insalata. insomma è molto magra, ma perché evidentemente si tiene in forma, anche se in una puntata di Beauty fark ho scoperto che col tofu non bisogna esagerare, cioè, non è che faccia male, ma non si può sostituirlo completamente alla carne, perché le proteine sono importanti.

– ma il tofu non sa di niente! e surgelato poi, chissa che schifo.

– vero. però poveretta tea fidelibus, non credo trovi facilmente il tempo di cucinare, con tutto quello che avrà da fare. arriva sempre dritta sparata, va dove deve andare, senza dubbi, io vorrei tanto essere veloce come lei, invece non ho mai le idee chiare, può capitare che entri per comprare il detersivo ed esca che ho comprato di tutto ma il detersivo no!

– non lo dire a me, ieri dovevo prendere solo un tappetino per il mouse, sono andato nel nuovo negozio di computer che hanno aperto sotto casa mia e praticamente l'ho svuotato... pure una chiavetta usb a forma di cactus ho comprato: ne ho già tre, non la userò mai!!! però lì per lì sentivo di non poterne fare a meno, hai presente?

– dio mio, benissimo. pensa che ieri ho preso una confezione gigante di cereali con le fragole e i lamponi solo per provare una nuova marca, anche se a casa siamo tutti un po' allergici alle fragole... ma è anche vero che tea fidelibus per colpa della fretta si perde le occasioni migliori: guarda gli scaffali senza mai alzare gli occhi in su o in giù e si sa che i commessi sono furbi, sistemano le offerte speciali proprio dove lo sguardo non va facilmente!

– maledetti, è vero. le offerte speciali non sono mai ad altezza uomo.

– e invece, a portata di mano, rischi di trovare i prodotti che stanno per scadere.

– o magari già scaduti!

– appunto. figurati che adesso, fino a fine mese, c'è un'offerta sulle marmellate senza zuccheri aggiunti e devi quasi arrampicarti per prendere i barattoli... però sono buonissime, davvero.

– io adoro le marmellate solo con la frutta. la tua preferita?

– pesca. ma i bambini adorano quella all'albicocca. la tua?

– ciliegia direi. tea fidelibus secondo me invece è tipa da arancia.

– perché?

– boh, mi dà quest'impressione.

– secondo me invece non è proprio tipa da marmellate, a colazione. sarà che la vedo comprare sempre un sacco di yogurt.

– la faranno diventare acida, chissà come tratterà il suo vero Lui...

– ahahah.

– l'importante è che non digiuna, comunque. la mia ex compagna era davvero anoressica, è una cosa terribile.

– poveretta.

– già.

Dio mio: adesso sì che sono in ritardissimo, come direbbe Viola. Mi dispiace lasciare Davide proprio dopo una confidenza del genere. Magari aveva bisogno di sfogarsi un po'.

– scusami tantissimo, ora devo andare. ci sentiamo più tardi, così continuiamo?

– non ti preoccupare, baci! ti farò sapere della puntata.

– baci!

Ma prima di chiudere mi sposto su un altro profilo.

– Forza fratellone.

scrivo, sulla bacheca di Eros, dove non c'è nemmeno una foto e come unico interesse personale è segnalata una fan page che si chiama *Affanculo tutti tranne i panda.*

Poi correggo:

– Forza fratellino.

Non vorrei pensasse che dico fratellone perché ho saputo degli otto chili in più.

Spengo il pc e vado.

6 uova
40 panini al latte
2 etti di prosciutto crudo
2 etti di mortadella
2 litri di succo di frutta alla pesca
1 litro all'arancia rossa
1 litro al mirtillo
1 confezione di cacao in polvere da 75 grammi
1 chilo di farina
2 confezioni di bicchieri di plastica blu
1 pacco di tovaglioli di carta arancione
1 bottiglia di Fanta
2 bottiglie di Coca-Cola
3 pacchi di Cipster

«Gustavo.»

«Chi è, tesoro?» Natalia, la truccatrice, comincia a spalmarmi sulla faccia la prima base per il fondotinta.

«Il piccolo della signora Cunningham. Si chiama Gustavo.»

«Ah. Mia sorella stava con uno che si chiamava così. Gustavo. Ora, tesoro, fai la brava, dobbiamo reincollare un paio di extension.»

Gu: come dire Gustavo. Semplice.

Ieri, mentre era in fila al banco dei salumi, alla signora Cunningham è squillato il cellulare, era il marito.

«Sto comprando delle cosette per la festa di Carnevale che faranno giovedì all'asilo di Gustavo» ha detto. E per la prima volta ho sentito la sua voce: una voce di pesca e mirtillo, come i succhi di frutta che aveva nel carrello. Ne aveva pure all'arancia, ma no. Non c'è arancia nella voce della signora Cunningham. Non quando parla al marito, almeno. Non quando parla di suo figlio.

«Fatto male?»
«No, tranquilla Nat.»
«Perfetto.»
«Perfetto.»
Io li conosco, i bambini come Gustavo. Li conosco bene.
Se c'è una festa di classe saranno sempre quelli che porteranno più bibite, più panini, più dolci, più *cosette*. E quelle più buone, peraltro. Le più speciali.
Sono i Bambini Amati.
«Teodora, hai tutto?»
«Sì, mamma.»
«Sicura che ti basti una fetta di crostata come merenda?»
«Sì.»
«E se poi i tuoi amichetti vogliono assaggiarla?»
«...»
«Non è meglio se ne porti due?»
«Ok.»
«Teodora, guarda che la mamma si sta preoccupando per te: ti pare giusto sbuffare?»
«No, papà. Grazie, mamma.»
«E ora dammi un bacio sul naso, vieni qui.»
C'era sempre un qui, per me.
C'è sempre un qui, per i Bambini Amati.
Sicuramente Gustavo e Viola sapranno cosa farsene, di tutto quel qui a loro disposizione.
Sicuramente a suo tempo, da bambina, avrà saputo cosa farsene la signora Cunningham.
A me invece c'erano notti in cui s'insinuava dentro, dai polpastrelli delle dita dei piedi passava per le gambe e saliva, saliva, si prendeva il cuore, stringeva, si prendeva tutto, soffocava.
«Ne vuoi ancora, Teodora?»
No mamma, basta. Ti prego: basta. Di qualsiasi cosa si tratti, non ne voglio più. Un'altra forchettata di pasta? Una fetta di prosciutto? La penna con l'inchiostro profumato? Puffetta Sirena? Sbrodo-

lina, la bambola che beve il latte? Altro latte? Con un cucchiaio di Nesquik? Due di Ovomaltina? Di Sprint?

No, no, no, no. No, mamma.

Sdraiati qui, a letto con me, e raccontami una storia. Non ne sai nessuna? Inventala. L'importante è che sia qualcosa che non esiste. Qualcosa che non serve. Qualcosa che mi porti lontana, che ci porti lontane, lontanissime, da tutto questo qui.

Più o meno pensavo, in quelle notti.

O forse sentivo: perché mica capivo bene che cos'era, quella specie di colla che all'improvviso mi pareva di avere al posto del sangue.

Solo da quando ho incontrato Riccardo l'ho capito.

Era la fiducia incondizionata nelle cose di questo mondo che avevano i miei, che mi trasformava il sangue in colla.

Loro ci credevano! Sì! Avevano questo talento straordinario.

Ce l'ha anche Natalia, lavoriamo insieme oramai da due anni, non abbiamo più nemmeno bisogno di parlare per intenderci. Ora per esempio mi sta spalmando sul viso la seconda base della Collistar dopo il fondotinta della Sisley e starà sicuramente pensando: sto spalmando la seconda base della Collistar dopo il fondotinta della Sisley. E basta.

Anche i miei facevano così.

Davvero mangiavano, mentre mangiavano. Dormivano, quando dormivano. E basta. Lavoravano, si sbattevano e poi, di domenica, oh finalmente!, si riposavano.

Eccola a pranzo, al completo: La Famiglia Fidelibus.

Senza bisogno di passare dal trucco, sul set che ho in testa, nel cuore, in pancia (soprattutto in pancia) è sempre pronta per il ciak della scena "Pranzo della domenica".

Ecco Il Padre, l'ingegnere Benedetto Fidelibus, proprietario della Tea, la più nota azienda di sanitari di tutta Europa, di una decina di cliniche e istituti per l'infanzia fra l'Italia, la Francia e la Svizzera, di tre alberghi in Puglia e due in Basilicata: abbandonato col cordone ombelicale ancora sporco sui gradini di un istituto di suore a Matera, fin dal primo singhiozzo (così non si stanca mai di raccontare suor Teodora, la madre superiora, al pranzo domenicale de La Famiglia Fidelibus a cui una volta al mese anche lei viene doverosamente invitata a partecipare) è chiaro che non vuole fare un capriccio, vuole dire la sua, vuole cambiare il mondo, o meglio vuole cambiarsi di posto col mondo: e, da trovatello, mettersi a cercare. Cosa? Un modo per non doversi più, mai più affidare alla possibilità che il portone di un istituto, che ci mette un attimo a trasformarsi nel mondo intero, si apra per accoglierlo o non si apra: e l'unico modo gli pare comprarseli. Farli suoi una volta per tutte. Quell'istituto e il mondo intero.

Ecco La Madre, la signora Caterina Fidelibus: Benedetto l'ha conosciuta in collegio, dove si è subito fatto notare e ha meritato una borsa di studio che gli garantirà anche l'iscrizione alla facoltà di Ingegneria. C'erano ragazze più interessanti di Caterina, con i capelli più profumati, la pelle più bianca: ma Benedetto ha scelto lei, subito, quando l'ha vista arrossire per uno scherzo del vento che all'improvviso nel cortile del collegio, le ha alzato (leggermente: appena sopra al ginocchio, e giusto un istante: un soffio) la gonnellina a pieghe della divisa. Camminavano fianco a fianco, verso il refettorio, e Benedetto fino a quel momento non si era mai neppure informato sul nome di quella tipa né bella né brutta, né sorridente né melanconica, il più delle volte zitta e che però all'improvviso, semplicemente arrossendo, gli aveva promesso l'unica cosa che a lui interessava: sono una che non fa brutti scherzi, io. Una diversa dal vento, molto diversa. Sono una che può essere fatta propria una volta per tutte. Una che non abbandona.

Ed ecco La Figlia, Tea Fidelibus: futura adolescente cleptomane e disturbata, semplicemente un po' zoccola a giudicarla con gli occhi delle ragazze che avranno diciott'anni assieme a lei e ancora più in là con quelli di una giornalista di "Vanity Fair", moglie di Riccardo Bruni, critico teatrale, performer, uomo impossibile che la inchioderà a una selvaggia tendenza ad amarlo senza tuttavia impedirle di tradirlo regolarmente – al punto da imbastire senza rendersene conto un'estenuante, sconsiderata seconda vita – con un personal trainer americano.

Ecco La Figlia: mangia di malavoglia il piatto di rigatoni che La Madre ha preparato e il ciak prevede.

Fra tutto quello che le farebbe comodo non sentire ma sente, lo sente, La Figlia, che Il Padre, nonostante da quel primo singhiozzo in istituto avesse promesso a se stesso di non cedere mai, mai alle lusinghe di una qualsiasi forma di passione (che a ben vedere è il primo dei rischi da evitare se si vuole possedere il mondo e non farsi possedere), dal giorno in cui è nata lei, ha però infranto quella promessa, perché non ha potuto fare nulla, nulla, contro lo scherzo del vento furibondo di quell'amore assoluto che improvvisamente gli ha vinto, dentro, ogni resistenza? Lo sente, lo sente. E che La Madre, pur essendo disposta a morire per La Sua Unica Figlia, sarà comunque sempre un po' gelosa di lei, per il privilegio di cavalcare quella folata di vento che investe le promesse, scompiglia le premesse di chi prima di essere Il Padre dovrebbe essere Suo Marito? Sente anche questo. Crede infatti, la piccola Tea Fidelibus, seduta buona al suo posto fra La Madre e Il Padre per il ciak "Pranzo della domenica", che se un'azienda di water e bidè porta il suo nome è sì qualcosa di cui andare orgogliosa. Ma non può evitare di coglierci anche il segno di una qualche punizione da scontare, un invito permanente a fare i conti, ancora prima che con l'esistenza umana, con i suoi rifiuti.

Bene.

Torniamo a loro.

La Famiglia Fidelibus e il suo ciak.

Il Padre domanda a La Figlia se ha fatto tutti i compiti per l'indomani. La Figlia vorrebbe chiedergli di che colore è secondo lui il retro del cielo, questione che la perseguita da giorni, ma la Missione Papà in cui è impegnata le rare volte che ce l'ha tutto per sé, davanti agli occhi, a un passo da un abbraccio, la porta a rispondere come si deve: «Sì papà, li ho fatti tutti»

«Brava.»

«Però adesso devi finire i rigatoni.»

«Sì, mamma.»

«Sono fantastici Caterina.»
«Ho provato a mettere nel sugo un cucchiaino di latte anziché di besciamella.»
«Ecco il segreto.»
«E il segreto del cielo?»
«Che?»
«Mamma, papà, ve lo siete mai chiesto? Che cosa nasconde dietro?»
«Ma chi, Tea?»
E La Figlia sta per rispondere "Il cielo!", ma a Il Padre? A Il Padre scappa un rumore. Anzi, a riavvolgere la scena e guardarla al rallentatore si capisce benissimo che non gli è scappato: ha alzato un'anca, appositamente. Perché è a Casa Sua. È In Famiglia. Di Domenica. A Pranzo. Il giorno dopo sarà di nuovo lunedì e di nuovo lui uscirà alle sette del mattino per tornare dopo le dieci di sera, grandioso, di cattivo umore e stanco: il ciak ora gli permette di fare tutto quello che gli viene. Tant'è che La Madre lo rimprovera («Benedetto, sei un animale!»), ma Il Padre scoppia a ridere, da non riuscire a fermarsi, e a La Moglie pare che sia solo per un momento come quello che la gente fatica, insiste ad alzarsi ogni mattina, si taglia i capelli, le unghie, fa la coda alla posta per pagare le bollette: solo per un momento come quello. A Pranzo, Di Domenica, In Famiglia. E un po' ringrazia Dio dentro di sé, un po' ride anche lei, e più ride lei più ride lui. Tanto che tocca anche a La Figlia, ridere. Pure se è in quel momento che lo avverte, precisamente: il sangue diventare colla.
«Natalia, ma tu da piccola chiedevi cose assurde ai tuoi genitori?»
«Tipo? Chiudi gli occhi, tesoro.»
«Boh. Tipo: di che colore è il retro del cielo?»
«Non mi ricordo. Ma ieri mio figlio m'ha chiesto "ma', quanti chilometri sei alta?". I bambini le fanno, domande del genere.»
I bambini le fanno, certo.
Ma chissà se tutti si aspettano delle risposte.
Perché io sì, me le aspettavo.

Non arrivavano mai: arrivavano altri pranzi della domenica, altri rigatoni, corsi di nuoto, un tutù per Sbrodolina, lo zaino di Puffetta Sirena, passeggiate in montagna sulle spalle di mio padre, arrivavano promesse, festoni, qualche urlo che ci voleva, lo shampoo contro i pidocchi, qualche urlo che non ci voleva, vaccini, coriandoli, «Quando finisci di fare i compiti prendiamo la bici e andiamo a fare un giro», «Vedrai che adesso che hai preso la medicina la febbre scende, stai tranquilla», «Non ti dimenticare la cuffia per la piscina», «Ma che dici? Quanto sei matta, Tea».

Arrivava amore, insomma.

Ma le risposte alle mie domande mai.

Così ho cominciato a cercarle altrove: e ogni notte, una volta a letto, andavo lì.

Il Paese Degli Artisti, lo chiamavo: un posto dove mi bastava chiudere gli occhi e mi trasferivo a vivere. Era abitato solo da persone che dipingevano di giallo i marciapiedi, scrivevano poesie dondolandosi sui rami degli alberi, a colazione suonavano il flauto invece di bere il latte, e al centro dell'unica piazza c'era un palco dove per tutto il giorno (anche all'alba, soprattutto a notte inoltrata) si davano spettacoli.

A chiunque chiedessi: "Di che colore è il retro del cielo?", mi rispondeva.

"Secondo me ha il colore della luna quando spunta."

"Verde."

"È di alluminio."

"Di peluche."

Ognuno aveva la sua idea. Però a quel punto se ne discuteva. Tantissimo.

Perché gli artisti erano fatti così: l'avevo intuito durante le prove della recita di Natale in prima elementare, quando il marito della maestra, che dirigeva il coro della parrocchia del quartiere, era venuto a insegnarci l'intonazione giusta per cantare *Jingle Bells* e *È Natale, è nato Gesù*.

Diventava tutto rosso per la concentrazione, mentre sceglieva chi di noi avrebbe dovuto usare la voce bassa e chi quella alta. Andava su e giù per l'aula, muovendo in aria le mani e spiegandoci che era fondamentale, fondamentale non tanto l'intonazione, ma l'intenzione, capite piccolini? È l'intenzione che ci metterete mentre cantate che farà la differenza, ripeteva di continuo.

«Mamma, ma tu che intenzione ci metti nelle cotolette che stai friggendo?»

«Quanto sei matta, Tea.»

E invece no: ho scoperto quella sera, dopo le prove. No che non sono matta. Siete voi che, certamente: mi amate. Ma non mi capite! Non capite che tutto quello che riempie i vostri pensieri e le vostre vite a me fa diventare il sangue colla.

Però. Però, però però. Però se esistesse un paese di persone tutte come il marito della mia maestra allora sì, che qualcuno mi capirebbe.

C'erano poche case, nel Paese Degli Artisti. Mi immaginavo fossero tutti sempre per le strade, i suoi abitanti, e che ognuno di loro avesse nel cuore domande come le mie, per cui i genitori erano troppo impegnati ad amare per trovare il tempo di rispondere.

«Sai, Natalia. Ogni tanto sento che Riccardo e io non ci lasceremo mai.»

«Contenta tu, tesoro.»

«Non è questione di essere contenta o no. È come se fin da bambina io sognassi di incontrare uno come lui. Corrisponde esattamente al mio ideale: io me lo disegnavo in testa proprio così, capisci, l'uomo del mio destino.»

«Strano. Di solito si sogna un principe vestito d'azzurro, bono e sempre sorridente.»

Vero. Ma io ogni notte – ogni notte – dopo avere scambiato le mie domande assurde con le domande assurde di una ballerina, di un poeta, di un soprano, sognavo che arrivasse lui. Il Sindaco Del Paese, degli artisti il più artista.

Gli bastava vedermi da lontano per avvicinarsi subito a me, lentamente, accostare la sua bocca al mio orecchio e sussurrarmi che lui, per certo, sapeva di che colore fosse il retro del cielo e se fossi diventata sua moglie me l'avrebbe rivelato e mi avrebbe portato via, via via da tutto quello che bisogna fare, mangiare, studiare, mettere nel latte, via dal qui, verso un infinito lì, dove lui e io avremmo accordato un'arpa sui rumori che la gente fa dopo il pranzo della domenica, e in generale mentre esiste.

A quel punto di solito mi addormentavo.

«Che ti devo dire, Natalia. Io sognavo Riccardo.»

«Cioè un depresso cronico capace solo di pensare agli affari suoi?»

«No. Un uomo capace di capirmi nel profondo.»

«E allora perché, ora che l'hai trovato, non ti metti l'anima in pace?»

«Perché preferirei mi capisse meno e mi amasse un po' di più, Nat.»

«Mmh. Sai, scherzi a parte, è un casino, quando da ragazzine ci si fissa con una cosa. Io pure ero fissata che l'uomo mio doveva essere moro, e possibilmente somigliare a John Taylor dei Duran Duran. Ma invece, chi t'ho sposato? Uno che semmai pare un po' Simon Le Bon, coi capelli quasi bianchi da quanto sono biondi. E pensa che all'inizio, pure se mi piaceva un sacco, non ci volevo mica uscire. Perché non era moro.»

«Ma se all'improvviso ti si fosse presentato John Taylor, in persona?»

«Che?»

«Avresti sposato tuo marito o saresti scappata con lui?»

«Vuoi paragonare Riccardo a John Taylor?»

«Eh.»

«Per favore, tesoro, un po' di rispetto.»

«Dai Nat, rispondi.»

«E che te devo dire? Su due piedi magari me ne sarei andata con John, ovvio. Ma sai poi che nostalgia tremenda mi veniva dello stadio, della casa al mare a metà col cugino di mio marito, che c'ha una moglie proprio troppo simpatica, del corso di cucina fusion al venerdì sera? E se John, metti conto, non tifava Roma? Se magari era pure della Lazio? Se gli piaceva suonare, ma non gli piaceva ballare? Insomma, sono sincera: non lo so che avrei fatto, lì per lì. Ma so che avrei dovuto fare: di John mi facevo bastare il poster, e rimanevo con mio marito. Ora zitta un attimo, stendi le labbra ché ti devo mettere il lucido.»

Chissà.

L'incontro fatale della nostra vita, forse, fa proprio così: prima ci riscatta da tutto quello che da bambini non avevamo, non eravamo. Poi, giorno dopo giorno, ci fa venire una nostalgia tremenda di tutto quello che avevamo, che eravamo. E quel riscatto ci appare improvvisamente un attentato.

Tanto che mai avrebbe immaginato, La Figlia della Famiglia Fidelibus, mentre col sangue incollato ascolta La Madre elencare tutto quello che con tanta cura ha comprato per una festa di classe della sua bambina, di incantarsi, trent'anni dopo, al supermercato, di fronte alla signora Cunningham che, con la sua voce di pesca e mirtillo, dice al marito: «Sto comprando delle cosette per la festa di Carnevale che faranno giovedì all'asilo di Gustavo».

Mai, l'avrebbe immaginato, di desiderare solo una cosa, in quel momento: essere lei a spingere quel carrello, rispondere a quel telefono, comprare quelle *cosette.* Avere quella vita.

«Ok, tesoro. Ho finito.»

«Grazie Nat.»

«Comunque, tranquilla. Guarda che si sistema tutto.»

«Dici?»

«Eccerto. Come nella puntata di ieri.»

«Ho perso il conto: quale è andata in onda?»

«Quella dove Lui s'imbufalisce perché Lei viene a sapere che il suo ex aspetta un figlio e si chiude in camera a fare la tragedia.»

«Ah, sì.»

«Però poi nella seconda parte Lei telefona all'ex per fargli i suoi più sinceri auguri e Lui ammette che pure quando la sua ex s'è sposata è stato un momento strano: e si sistema tutto, appunto.»

«Si sistema tutto.»

«Certo.»

2 BOTTIGLIETTE DI ACQUA NATURALE DA MEZZO LITRO

– buongiorno per tutto il giorno, erica.

– buongiorno, davide.

– com'è andata poi la festa?

– le maestre di gustavo sono delle sante: immagina trenta diavoletti scatenati e in maschera che litigano perché ognuno è certo di avere il costume più bello!

– sicuramente il più bello era quello di gustavo. da che cosa si era mascherato?

– da batman.

– fantascientifico!

– scusa se quando hai chiamato ho dovuto chiudere subito, ma ero al supermercato e non si sentiva niente...

– scusa tu! non volevo disturbare.

– ma scherzi?!? volevo richiamarti, ma poi fra la festa di gustavo, viola che ha un po' di febbre e un corso di aggiornamento in banca non ho avuto un attimo libero questa settimana.

– ma non ti sei persa l'ultima di Testa o Cuore, vero?

– no che non l'ho persa!

– l'ex di Lei è un personaggio pazzesco.

– e quando Lei va a rivedere le foto del periodo che stavano insieme? quella dove sono a londra e Lei ha i capelli fucsia e il piercing al naso mi ha fatto morire!

– per me comunque Lui ha ragione: se sei felice con una persona, che te ne frega di che cosa fa l'ex?

– sı, certamente, ma è vero anche quello che dice Lei, che i nostri ex sono come delle tappe della nostra esistenza e ci piacerebbe restassero lì ferme, a disposizione solo del ruolo che gli abbiamo dato noi.

– non lo so, sai? io non sono geloso delle mie ex. all'ultima, per esempio, auguro davvero il meglio.

– vi siete lasciati da molto?

– sei mesi. non stava bene, te l'ho detto.

– dev'essere terribile l'anoressia.

– terribile. pesava quarantatré chili e si sentiva grassa.

– quarantatré chili?

– sì. se mangiava una mela per pranzo già lo considerava tanto. però era una donna profonda, sensibile e generosa.

– capisco. anche mio fratello è così.

– me lo ricordo, il piccolo eros.

– l'ho visto due giorni fa, non e più così piccolo...

– già, il tempo passa passa passaaaaaaaa.

– non dà scampo. E L'IMPORTANTE È NON ATTACCARSI AL PASSATO MENTRE C'È IL PRESENTE DA VIVERE, come dice Lei alla fine della puntata.

– ma tu? saresti gelosa se uno dei tuoi ex ti dicesse che aspetta un figlio?

– uno dei tuoi ex? ma io ho solo UN ex!!

– cosa??????????

– prima di Michele ho avuto un altro amore e basta.

– strano.

– perché?

– perché sei molto bella.

– grazie!

– davvero: io avevo una specie di cotta per te al liceo, ma si capiva benissimo che tu eri pazza di fulvio.

– te l'ha detto?!?

– chi? che?

– fulvio ti ha detto di noi?

– ???????????????

– e va bene, ormai ci siamo: ma mi raccomando, davide!

– fidati e spara.

– no, non ce la posso fare.

– daiiiii.

– ...

– erica!

– prometti che non glielo dici?

– a chi?

– a fulvio!

– non ho nemmeno il suo numero di cellulare!

– prometti di non scriverglielo qui, su facebook.

– certo che te lo prometto! per chi mi hai preso? lo giuro sul mio gatto.

– hai un gatto?

– è lui che ha me! comanda billywilder, a casa mia.

– billywilder?

– come il mio regista preferito, billy wilder.

– ma tu lo chiami solo billy o sempre billywilder?

– non divaghiamo, spara!

– ok.

– spara.

– ti ricordi quando siamo andati tutti al circeo, cento giorni prima dell'esame di maturità?

– più o meno. io ho passato il weekend sempre ubriaco marcio, a ballare i doors...

– mi ricordo! sapevi ballare benissimo.

– scherzi, vero? sono un disastro! la mia ex mi diceva che sembravo un elefante, quando andavamo a ballare.

– però almeno ci provi.

– perché mi piace. a te no?

– non lo so fare.

– che significa non lo so fare? tutti sanno ballare.

– io adoro guardare le persone che ballano, ma proprio non ci riesco, non ci sono mai riuscita. e come odiavo giulia fedrizzi, che alle feste mi voleva sempre trascinare in pista!

– in effetti è una grande ingiustizia: quelli che ballano vogliono sempre trascinare quelli che non ballano, ma quelli che non ballano non si permetterebbero mai di costringere quelli che ballano a stare seduti.

– proprio così, giusto!

– e comunque sono sicuro che se ti buttassi senza pensarci troppo saresti bravissima. ti verrebbe naturale.

– fidati: no. ogni tanto viola mi vuole insegnare un passo che ha imparato a ginnastica artistica, io mi sforzo, e non sembro solo un elefante, sembro un elefante imbalsamato!

– ma eravamo al circeo...

– sì.

– e?

– e l'ultima notte fulvio e io abbiamo dormito insieme. ecco, l'ho detto. avevamo già dormito nello stesso sacco a pelo una sera durante l'occupazione, ma non era successo niente. al circeo invece...

– è successo tutto! e la povera catone?

– aveva gli orecchioni, è restata a casa. mi sento ancora in colpa.

– fantascientifico.

– che?

– tu e fulvio. e sotto lo stesso tetto dove dormivo io!

– cioè?

– cioè te l'ho detto.

– che?

– che tu mi piacevi. e fulvio lo sapeva.

– ma io non me ne sono MAI accorta.

– certo, stavi sempre a fare gli occhi dolci a lui!

– non è vero!

– è vero! e io, se dobbiamo essere sinceri, pensavo: lui non potrebbe mai fare felice una come erica.

– perché?

– perché fulvio è sempre stato un figlio di puttana, perdona il termine. un simpaticissimo figlio di puttana. come ha tradito Paolina con te, avrebbe tradito te con un'altra.

– già.

– ho esagerato?

– figurati! hai ragione. e infatti dopo fulvio è arrivato michele.

– alt alt alt! il tuo unico ex prima del matrimonio quindi è fulvio renna? ma avete passato solo quella notte insieme o poi è continuata?

– solo quella notte. poi lui mi ha quasi tolto il saluto fino alla fine dell'anno.

– allora perché lo consideri un ex?

– lo so, può sembrare matto. e comunque mi fa stranissimo parlarne.

– perché?

– perché lo sapeva solo giulia fedrizzi.

– che?

– che io ero persa per fulvio. dal primo giorno di scuola. quando si è messo con paolina catone mi è sembrato proprio che fosse inutile continuare a vivere... che follia! pensa che andavo a dormire e pregavo dio di non farmi svegliare la mattina dopo, perché era insopportabile venire a scuola e vederli insieme.

– a me non ci pensavi proprio, eh?!

– ☺

– ☹

– il primo bacio se lo sono dati nel salone di giulia, al suo compleanno: giulia aveva messo un lento, quella canzone della colonna sonora di Dirty dancing, She's like the wind, nessuno ballava e figuriamoci io, ma loro hanno cominciato a strusciarsi. e poi si sono baciati. te lo ricordi?

– sinceramente no.

– io invece non me lo scorderò mai. ogni volta che c'è Dirty dancing in televisione e arriva il momento di quella canzone mi fa ancora un po' effetto e cambio canale.

– addirittura?

– ecco, adesso starai pensando che sono ridicola, lo sapevo che non dovevo dirti niente, che vergogna ☹

– non lo sto pensando. assolutamente.

– davvero?

– davvero. il mistero dell'amore giovanile è più grande anche del mistero della morte, va rispettato.

– che bella frase!

– non è mia, l'ho imparata alla lezione sulla poesia di un corso di scrittura. è di un poeta inglese.

– infatti è molto poetica.

– molto.

– e vera: mi imbarazza tantissimo ammetterlo, ma la festa di giulia è stato uno dei momenti più brutti della mia vita. è tristissimo quando quello che sogni tutti i giorni capita davvero, ma a qualcuno che non sei tu.

– ... e invece è paolina catone...

– ☺ già.

– e tuo marito?

– cosa?

– è un tipo alla fulvio?

– no, no! tutto il contrario.

– in che senso?

– diciamo che quelli come fulvio il meglio lo danno subito.

– è vero! purtroppo hanno come una lampadina, dentro, che ti fa accorgere di loro appena entrano in una stanza.

– perché purtroppo?

– perché a me quella lampadina è sempre mancata.

– ma mica è necessaria! anzi, ci sono persone che hanno solo quella e, quando dopo un po' di tempo si fulmina, viene fuori che per il resto sono un disastro! mia madre per esempio è una così.

– ma tua madre era un mito, che dici. l'unico genitore che tutti volevamo alle gite di classe.

– per fortuna è venuta solo una volta...

– a venezia. ho ancora una sua foto, di quando sul pullman al ritorno ha preso il microfono del conducente e ha improvvisato quella lezione sui preservativi. ti ricordi?

– lasciamo perdere.

– dicevi di tuo marito. dove vi siete conosciuti?

– in banca, nella prima filiale dove ho lavorato

– e?

– e niente. eravamo vicini di scrivania.

– finché...?

– finché un giorno mi ha chiesto di uscire con lui.

– ti sei infastidita? sono troppo invadente?

– ma no, che dici! è che non sono molto abituata a parlare di me. e poi è un periodo strano.

– ci sono problemi fra te e michele?

– no, no, assolutamente. fra noi va tutto benissimo. domani sarà il nostro undicesimo anniversario di matrimonio, pensa.

– complimenti!

– avere un matrimonio felice è una fortuna, non un merito.

– io non credo, però ci sarebbe da parlarne per giorni interi. magari un'altra volta. ma allora perché non è un buon periodo per te?

– c'è stata una rapina, nella mia banca.

– !!!

– cinque mesi fa. per carità, è andato tutto bene... insomma, nessuno è rimasto ferito.

– lo spavento deve essere stato terribile.

– sì. erano in tre. due avevano il passamontagna, uno no. la sua faccia ce l'ho ancora perfettamente davanti agli occhi.

– ci credo.

– aveva un naso enorme, gli occhi nerissimi. ha puntato la pistola proprio contro di me.

– cristo santo.

– sdraiatevi per terra e mettete le mani sulla testa!, urlava. anche se lo abbiamo fatto subito, e ci siamo messi tutti a terra con le mani sulla testa, lui continuava a gridare: pancia a terra! e mettete le mani sulla testa.

– un incubo.

– sì, proprio un incubo. di fatto è durato tutto meno di venti minuti, pensa. ma, non so come dire, mi sono sembrate ore.

– che cos'è che ti torna in mente più spesso? le pistole? la faccia di quello stronzo? la paura? perdona le domande cretine, è una situazione che ho la fortuna di non potere immaginare...

– una cosa che mi ha detto rachele.

– ?

– scusa: rachele è una mia collega. anzi, era. adesso ha cambiato filiale. mentre eravamo pancia a terra e quelli ribaltavano tutto, mi ha detto una cosa. niente di che, eh. ma mi è rimasta dentro... comunque non volevo angosciarti! ormai sono passati cinque mesi, sto bene. davvero. la prima settimana non riuscivo a dormire senza la luce del comodino accesa, ma ora tutto ok. michele mi è stato molto vicino.

– anche per lui sarà stato un colpo.

– michele è indistruttibile. mio papà è più forte di superman, ha detto una volta gustavo.

– ... che però si maschera da batman!

– ☺ a proposito di costumi: oggi la fidelibus era elegantissima, tutta vestita di nero. sicuramente stava andando sul set.

– dovranno girare la scena di una festa.

– ... e se finalmente Lui portasse Lei a cena e le chiedesse di sposarlo??

– dici?

– un po' me lo sento.

– forse sei condizionata dal tuo anniversario di domani.

– forse. ma prima o poi dovrà succedere. no?

1 confezione di carote
1 costa di sedano
2 mele Fuji
1 retina di cipolle
1 mazzetto di prezzemolo
10 grammi di tartufo bianco
1 panetto di burro da 125 grammi
1 panetto di pasta sfoglia Buitoni
3 etti di prosciutto crudo
2 filetti di maiale
1 busta di funghi porcini da 30 grammi
1 barattolo di noce moscata
2 candeline a forma di 1
1 bottiglia di Nero d'Avola

«Prima o poi doveva succedere e finalmente c'è riuscita. Non desiderava altro.» Riccardo continua a ripetere la stessa cosa da quando, due giorni fa, abbiamo ricevuto la notizia.

Claire è morta.

Stava riempiendo la vasca, aveva già versato il bagnoschiuma. Ma invece di entrare dentro, s'è buttata di fuori. In accappatoio, i capelli raccolti, la cuffia calata in testa, le ciabattine di gomma ai piedi.

«Non aveva mai bisogno della costumista, aveva un istinto naturale per andare in scena.» Sempre Riccardo, ora, sul palco del teatro Valle.

È sempre stato uno dei miei posti preferiti, questo: è qui che abbiamo lavorato insieme per la nostra prima e ultima volta.

Da più di un anno il teatro è stato occupato, per impedire che venga venduto a dei privati, per proteggere insomma la sua identità, e la cosa ha preso l'energia per farsi simbolo di una battaglia molto più ampia, sacrosanta, in difesa dell'arte, della cultura e dei diritti di chi davvero ci crede: Riccardo e io abbiamo appoggiato subito, senza indugi, il movimento.

Tocca a lui aprire la commemorazione funebre di Claire.

O quello che è.

«Proprio di nero, ti dovevi vestire?» mi ha chiesto in macchina, mentre andavamo lì.

«Cosa c'è che non va, nel nero? È una commemorazione funebre, no?»

«Chiamala un po' come ti pare, Wendy. Ma non immaginarti una di quelle cose dove bisogna sforzarsi di piangere.»

«A me da piangere viene davvero, Riccardo.»

«Appunto. Vedi di evitare. Sarà un omaggio alla grande artista che Claire è stata. Stop. È impensabile che i genitori abbiano voluto un funerale cattolico per una come lei. Che almeno chi la conosceva veramente le porti rispetto.»

Siamo rimasti in silenzio, fino al Valle. Eppure avevo la gola secca. Continuavo a bere.

«Wendy, per Dio.»

«Che c'è.»

«C'è che non sai tenere i nervi a posto. E al solito hai bisogno di ostentare che qualcosa non va.»

«Riccardo.»

«Eh.»

«La tua ex fidanzata si è ammazzata!»

«Non urlare. E poi sì, certo: ma finalmente c'è riuscita, io la vedo così. Non desiderava altro.»

«Perché hai tanta paura di soffrire?»

«E tu perché hai tanto bisogno di farlo? Ti stava anche sulle palle, Claire. Di' la verità.»

La verità?

La verità.

Che ne sa Riccardo, della verità?

Non fa che giocarci al gatto col topo, da sempre: al punto che a letto non sa più godere. A una commemorazione funebre (o come diavolo bisogna chiamarla) non sa piangere.

Eppure – penso, mentre parcheggiamo. Eppure, da sempre, ha il potere di fare sentire me, tutta sbagliata.

Anche Claire ce l'aveva: e non è che mi stesse sulle palle. È che, proprio come Riccardo, mi faceva stare sulle palle me. Il mio modo di parlare, di leggere, di recitare, di amare. Di vivere.

Tutto.

È la prima persona della compagnia di Riccardo che ho incontrato, Claire.

Era una compagnia nata pochi mesi prima che lo conoscessi e che, di fatto, si è sciolta pochi mesi dopo. Come un bengala, in un'esplosione colorata e matta ha avuto il suo senso e la sua fine: ed è durata il tempo di una sola messa in scena. Diverso da tutto, uguale solo a se stesso, scintillante, estremo, "finalmente con Riccardo Bruni arriva a teatro qualcosa che prima non c'era", hanno scritto di quel *Peter Pan*: talmente riuscito da convincere Riccardo di non avere altro da aggiungere. Ma poi, mese dopo mese, anno dopo anno, di avere perso la capacità per farlo.

«Avevo i poteri magici. Ora non ce li ho più. Tutto qui, Wendy.»

«Riccardo, ma che dici. Tu sei magico anche se entri in un bar e chiedi un caffè: lo fai in un modo tutto tuo, riccardesco.»

«Lo dici perché ti faccio pena. E anche tu fai pena a me, piccola Wendy. Un regista fallito mantenuto dalla starlet della soap opera del momento. Guardaci.»

«Ci guardo. La casa mio padre l'ha regalata a noi, non a me. E poi mi piace quello che faccio e sto guadagnando bene, è vero: ma è un bene, no? Col nostro lavoro si sa come va, la fortuna gira, domani potrebbe toccare di nuovo a te e sono sicura che mi aiuteresti. Ma soprattutto, Riccardo: tu mi mantieni anche adesso, mi mantieni sempre. Mantieni il mio spirito.»

«Sarà.»

«Fra l'altro "Testa o Cuore" non è una soap opera.»

«Quello che è. Fatto sta che sembravamo destinati a grandi cose, io e te, quel giorno, su quel palco. E tu com'eri innocente, Wendy Non te ne fregava niente degli applausi, frugavi solo con lo sguardo in platea, per capire dove fossi io e implorare che ti facessi un cenno: ricordi? Se avessi alzato il braccio sinistro per salutarti voleva dire che mi eri piaciuta, se avessi alzato il destro no. Eri la creatura più desiderabile che avessi mai visto, quella sera. Iniziavi e finivi nel tuo smarrimento.»

In realtà, ero semplicemente una ragazzina disturbata, a un passo dalla diagnosi clinica di psicosi da cleptomania, che, innamorata pazza del suo professore, l'avrebbe seguito ovunque, purché la portasse lontano da se stessa, con la speranza, segreta e non del tutto consapevole, che la distanza si rivelasse l'unico mezzo per arrivare al centro di quella se stessa, dove potere disinnescare il bisogno dei portafogli degli altri, dei loro scarti, degli scalpi dei cuori di ogni uomo che incontrava, dove potere disinnescare la colpa, la tentazione di fuggire da ogni qui, l'incondizionata fiducia nel lì.

Riccardo era la prima persona che mi fosse interessata e basta, più di quelle che ancora non conoscevo, perfino più di me, la prima persona che m'ossessionava più di quanto m'ossessionassi da sola: e certo che sul palco del Valle, la sera della prima di *Peter Pan*, guardavo verso di lui. E certo che il suo braccio sinistro o quello destro avrebbe fatto la differenza e mi avrebbe rivelato se aveva senso o non ce l'aveva affatto che io stessi là sopra, recitassi, facessi finalmente quello che una parte di me aveva sempre sognato di fare, quello che tutta me aveva sempre pensato, forse un po' temuto, di essere: un'attrice.

E certo.

Aveva alzato il braccio sinistro, Riccardo, alla fine. Li aveva alzati tutti e due, lì per lì, per confondermi, e mentre gli applausi ci abbracciavano e noi della compagnia ci davamo il cambio sul palco per prenderci ognuno il nostro, io mi sentivo mancare, vedevo le facce degli altri, disfatti e felici, e non le capivo, ascoltavo il consenso del pubblico e non ci credevo, continuavo a fissare Riccardo, con le braccia verso l'alto, e lui fissava me e gli veniva da ridere, e allora io fissavo lui e mi veniva da piangere e allora lui fissava me e ancora di più rideva, e io: ho cominciato a piangere. Nessuno in platea se ne è accorto, le lacrime si mescolavano al sudore, l'occhio di bue fisso e luccicante su di noi ci scioglieva i lineamenti: ma Riccardo sì. Se ne è accorto. E allora ha fatto scivolare giù il braccio sinistro e per un istante è rimasto in alto solo quello destro, quello cattivo, che diceva no, Tea, non va bene niente, non vai bene tu. Ma all'improvviso ha abbassato il destro e ha alzato il sinistro. L'ha tenuto così, alto e fermo, finché il secondo giro d'applausi non è finito. E che qualcuno fosse anche per me, di tutti quei "bravi", allora un po' ci ho creduto.

«Mi sei piaciuta, ragazzina» ha buttato lì Claire, poi, nei camerini.

E quella allora sì: s'è trasformata, definitiva, nella giornata più bella della mia vita.

Entriamo al teatro Valle, rivedo quel palco e come sempre, più di sempre, ci ripenso: a come s'era girata verso di me, Claire, a come mi aveva stretto il polso e me l'aveva detto: mi sei piaciuta. Giusto un attimo, il tempo di soffiarlo, poi era tornata a sé, alla sua certezza di essere la migliore, credevo allora, alla disperazione che l'avrebbe portata a considerare inutile un altro bagno in vasca, mi dico oggi.

«Ciao, io sono Claire. Tu sei la ragazzina che pulisce i pavimenti a Bruni, vero?» Così ci eravamo conosciute, lei e io.

«Be'... erano tanto sporchi e...»

Non mi avevano fatto finire: si erano guardati e avevano riso cose loro, Claire e Riccardo.

Tutti così, i mesi con la compagnia. A intercettare che cose ridessero gli altri attori, fra loro e con Riccardo. A immaginarle, addomesticarle, portarle dalla mia.

Finché poi, di notte, rientravamo a casa, e Riccardo tornava Riccardo: il Sindaco Del Paese Degli Artisti che sognavo da piccola, il mio giullare tristissimo, il mio maestro, il mio bambino perso, il mio amante pigro, il mio amore e basta, il mio limite al male, la mia possibilità di bene. In mezzo agli altri sprezzante, pericoloso. Da solo con me fragilissimo, spaventato. Comunque irraggiungibile.

«Vedi?» mi spiegava, a letto, e io finalmente a casa sua – con tutto quello che c'era da scoprire di lui, tutto quello che all'improvviso c'era da scoprire di me – mi sentivo a casa mia, come a casa mia non mi ero sentita mai. Come non mi sarei mai sentita a casa nostra. «Vedi? Sono tutti bravi a prendersela con Peter Pan. Peter non vuole crescere, Peter non lo conosce proprio l'alfabeto degli affetti: gli devono spiegare che cos'è un bacio, gli dicono che si dice "ditale" avvicinare le labbra a una guancia e lui ci crede, figurati come sta messo. È un bambino e come tutti i bambini è innocente e senza cuore, per attirare l'attenzione su di sé fa lo stronzo, soprattutto con chi gli interessa, e non a caso quella con cui si comporta peggio è Wendy. Le risponde male, la fa piangere, le regala avventure magnifiche e un istante dopo non la guarda nemmeno più in faccia. Ma il vero mostro, in tutta questa storia è lei, Miss Wendy Darling. Capisci?»

Facevo cenno di no: per dire ancora. Parlami ancora. Restiamo attaccati al retro del cielo, come aquiloni che si sono impigliati lì, per scoprire davvero una volta per tutte di che colore è.

«Peter Pan sa solo volare, solo essere il meraviglioso perditempo che è. Un giorno esce di casa, comincia a fare capriole nell'aria, e quando torna sai che cosa trova? La finestra della sua camera inferriata, sua madre che si è dimenticata di lui e culla un altro bambino.»

«Povero Peter.»

«Puoi dirlo forte. Mentre quella paracula di Wendy? Lei no! Non può fare pena a nessuno, lei: ha una famiglia che la aspetterà sempre con la finestra spalancata. Capisci, Tea? Wendy sa che cosa vuol dire, avere una famiglia. E poi scopre di sapere anche volare. Facile, così!»

«Cosa?»

«Andare sull'Isola Che Non C'è col biglietto di ritorno.»

Il tram sferragliava, sotto l'unica finestra del monolocale. Pensavo ma chissà dove va, da dove torna la gente, a Roma e in tutto il mondo, mentre non è a letto, abbracciata alla persona che ama: va a cercarne una, ecco dove va. Torna da quella ricerca. Il più delle volte sola. Mentre io finalmente la persona che amo l'ho trovata, pensavo. Ho trovato Riccardo. Che spero solo non s'addormenti, resti sveglio finché resto sveglia io.

«Tea, mi ascolti?»

«Certo.»

«Mmh.»

«Che?»

«Mi sa che sei una Wendy.»

«In che senso?»

«Nel senso che ora stai con me, ti trastulli con questo cinquantenne scassato e, ammettiamolo pure, geniale. Ma poi?»

«Poi cosa?»

«Quando crescerai dovrai scegliere: e tornerai dai Darling, dalla tua famiglia, dalla promessa di un'umanità sana e riproduttiva, insomma.»

«Perché dici così?»

«Perché lo so. Tutti i Ragazzi Smarriti che capitano sull'Isola Che Non C'è fanno così. E tradiscono Peter Pan.»

«Wendy no!»

«Wendy soprattutto. Sai che cosa succederà? Incontrerai un bravo ragazzo e sentirai il desiderio di costruirci qualcosa, di tornare alle sane e dolci abitudini da cui vieni. Butterai la tua fantasia nel cesso: peraltro la tua azienda di famiglia li produce, no?»

«Non è mia. È di mio padre. E non lo offendere, ti prego.»

«Offendere? Ma scherzi, piccola? Guarda che lo scolo del water fa a tutti i borghesi da strada di casa, mica solo a te.»

«Ma è terribile, Riccardo. E io non sono così. Voglio solo invecchiare, al più presto possibile, e farlo con te: non voglio crescere. Ho rischiato il manicomio perché non riuscivo a reggere un'esistenza come quella dei miei genitori.»

«Però li senti per telefono ogni giorno. Io con i miei ho chiuso, sono secoli che non ho contatti con loro.»

«E perché?»

«I perché lasciamoli a chi crede che la vita abbia un senso. Vedrai. Vedrai se non ho ragione: sei una Darling. Lo pensa anche la mia ex. Claire.»

«Claire? L'attrice della tua compagnia?»

«Sì. Siamo stati insieme per qualche anno. La migliore studentessa che abbia mai avuto.»

«Hai conosciuto anche lei all'università?»

«Ma no, no. L'ho conosciuta nel girone infernale dell'arte necessaria, Claire. Che è una specie di Isola Che Non C'è, se ci pensi.»

Io riuscivo solo a pensare al mio Paese Degli Artisti: che certamente poteva ricordare tutti e due quei posti. Ma era un'altra cosa. Non avrei saputo spiegare esattamente cosa, quella notte, fra le braccia di Riccardo, con addosso il suo odore di tabacco e male d'esistere.

«Claire ce l'ha proprio nei cromosomi, una scintilla in più. Suo zio è Vincent de Fraidmont, l'intellettuale migliore che abbiamo in Europa, il traduttore olandese di tutti i classici italiani, francesi e tedeschi. Io, che cosa voleva davvero dire Rabelais, l'ho capito solo frequentando un suo seminario, pensa. E poi è un poeta straordinario, uno dei primi cinque al mondo: scrive in olandese, in italiano, in francese, sembra riuscire a reinventarle tutte, le lingue. Ma tu, testolina di nuvola, non l'avrai mai sentito neppure nominare, no?»

«In effetti no: non l'avevo mai sentito.»

«Mi fai una tenerezza profonda, sai Tea? Anzi no: Wendy. D'ora in poi ti chiamerò così. La mia piccola Wendy. Almeno ti abituerai subito al tuo personaggio.»

«Cosa?» Mi sono alzata come una molla, in piedi, sul letto.

«Certo. Tu farai Wendy, nello spettacolo.» L'ha detto come poteva dire ora è notte, domani sarà mattina, come si dice qualcosa che non avrebbe neanche bisogno di venire detto: si sa.

«La protagonista?» Sarebbe stato tutto giocato su di lei, Wendy Darling, l'adattamento di Riccardo. Il tic tac della sveglia nella pancia del coccodrillo non sarebbe stata una minaccia per Capitan Uncino, ma avrebbe scandito il tempo della crescita irrimediabile di Wendy: sarebbe stata una minaccia per Peter Pan. Avrebbe fatto da rumore di fondo a tutta la messa in scena, quel tic tac.

«Sì. Sarai la mia protagonista.»
«E Claire?»
«Claire farà Capitan Uncino. Siamo già d'accordo. D'altronde è quello, che ha nell'anima.»
«Un pirata senza una gamba, che odia Peter Pan?»
«Un povero derelitto, tanto quanto lo è Peter Pan. E, come Peter Pan, destinato a girare sull'Isola a vuoto. Sono criceti costretti a correre sempre sulla stessa ruota, le persone come Claire e come me.»
«E allora perché fra voi è finita?»
«Finita. Iniziata. Ma come parli, Wendy? Mi sa che ancora prima di insegnarti a stare in scena dovrò insegnarti come ci si esprime, se vuoi davvero uscire da casa Darling.»
Appunto: il mio modo di parlare, di leggere, di recitare, di amare. Di vivere.
Da lì in poi lui, Claire e il resto della compagnia non avrebbero smesso un istante di correggerli.
Bastava un'alzata di spalle, uno sguardo complice, "la solita Wendy ne ha detta un'altra delle sue, la solita Wendy ne ha fatta", bastava un silenzio imbarazzato.
Strano. Stranissimo. Ero sempre stata certa che nel Paese Degli Artisti tutti avrebbero parlato la mia lingua: ma, ora che c'ero arrivata, scoprivo che ero io a non sapere parlare la loro.
Avrei imparato in fretta, mi dicevo.
«Guardate quel cane, che meraviglia: è così morbidoso» mi era sfuggito una sera, a una pizzeria, dopo le prove.
«Ci vorrebbe la pena di morte per chi usa termini come "morbidoso"» aveva sentenziato Claire, succhiando la stecca di liquirizia con cui sostituiva i pranzi e le cene.
«E perché, per chi usa "probabilmente" invece di "forse"?» era intervenuto Riccardo.
«"Che carino."» Un altro attore della compagnia.
«"Ma questa pizza è super."» Un altro ancora.
«"Mollettina."»
«"Di che segno sei?"»

«"Ha occhi verdi come il mare."»

La serata era finita così: a elencare tutte le espressioni che no, proprio no, non era possibile usare. Non se si era dei loro. Non se si abitava nel Paese Dei Miei Sogni.

«Ma la peggiore è e sempre rimarrà "ti amo". E il bisogno di dirlo che c'è» aveva concluso Riccardo.

Se si trattava di rinunciare a "mollettina", probabilmente (anzi: forse) avrei potuto farcela, meno se si trattava di non indagare i segni zodiacali: ma quest'ultimo divieto mi pareva proprio impossibile da rispettare.

«Come? E che gli dici, alla persona del tuo cuore, se non puoi dirgli che la ami?»

«"Per-so-na-del-tu-o-cuo-re"» ha sillabato Claire, come dire subito sulla lista nera, tutto: persona, del, tuo, cuore. Via.

«Non le dici niente, Wendy. Se proprio hai quest'impellenza, le dici "ti bamo". La chiami "bamore". Capisci? Così almeno ci metti dentro tutta l'ironia fisiologica di cui vive quella dimensione maledetta, che come nient'altro ci impedisce di rendere grazie all'illusione, l'unica divinità che meriti davvero rispetto.»

Perfetto: potevo farcela.

«Ti bamo, Riccardo» gliel'ho detto quella notte stessa.

«Ti bamo» glielo sussurro in un orecchio un istante prima che vada sul palco del Valle, accanto a una gigantografia di Claire con la benda nera di Capitan Uncino su un occhio, i pantaloni a palloncino, l'artiglio di ferro.

Riccardo la indica: «Claire de Fraidmont non aveva mai bisogno della costumista, aveva un istinto naturale per andare in scena: e l'ha voluto dimostrare perfino due giorni fa. Proprio per questo, nello stesso giorno e alla stessa ora in cui un assurdo prete starà sciorinando la sua assurda predica per celebrare un funerale cattolico che Claire non avrebbe mai autorizzato, noi siamo qui. A ricordarla nell'unico modo in cui lei stessa, andandosene come se ne è andata, chiede di farlo. A questo proposito l'autore preferito di Claire, Antonin Artaud, dice qualcosa che sento il dovere di citare:

"Non è un fatto puramente casuale se nel teatro francese d'avanguardia i principali tentativi di ricerca sono stati dapprima condotti sulla messa in scena. È che era urgente, grazie allo sviluppo delle possibilità sceniche esteriori, ritrovare quel linguaggio fisico che il teatro francese aveva totalmente dimenticato da quattro secoli; e, sviluppando queste possibilità, non si tratta, per il teatro francese, di cercare di scoprire un effetto decorativo; no, ciò che esso pretende di trovare sotto l'effetto decorativo è la lingua universale che lo unirebbe allo spazio interno. Il teatro francese cerca lo spazio per moltiplicare la sua espressione nello spazio".» Guarda Claire, guarda me, guarda tutti: non guarda nessuno. Fa girare per i loggioni del Valle quegli occhi da sanbernardo abbandonato che ancora mi commuovono, che sempre mi commuoveranno, perfino quando sembra non riempirli niente, come in questo momento. «Anche Claire de Fraidmont ha sempre cercato quello spazio. E con il suo gesto di due giorni fa, forse, desiderava proprio moltiplicare lì, nello spazio, la sua espressione.»

Torna accanto a me.

Gli prendo la mano, me la stringe.

Le cose che sa, che ha studiato, gli hanno fatto da ventriloquo, al solito, ma è l'anima che gli fa male e voleva salutare Claire: mi dico.

Intanto tocca a Valentina, un'altra attrice della vecchia compagnia. Si avvicina alla gigantografia, l'accarezza lentamente. Si ferma e, di spalle, comincia a recitare una poesia di Wisława Szymborska.

Al provino per "Testa o Cuore" ero andata proprio con loro: con Claire e con Valentina.

Riccardo, dopo il *Peter Pan*, continuava a proporci spettacoli per cui tutti eravamo pronti a rinunciare a qualsiasi altra offerta di lavoro: nemmeno li cominciava a scrivere che già ce ne parlava, con quegli occhi che, accesi, avrebbero acceso chiunque.

«Ve lo immaginate? Un *Pifferaio magico* dove il Pifferaio è un topo di fogna e i topi che seguono il Pifferaio sono uomini.»

«Prendiamo i nostri quaderni delle elementari: avete presente i maledetti "Pensierini" che ci facevano fare? Voi me li date, io li cucio insieme, voglio qualcosa che non si limiti a rappresentare l'incubo dell'infanzia, ma che proprio gli dia voce, capito?»

«Spiazziamo tutti: facciamo un *Tite et Bérénice*. Però rock.»

Lanciava idee, e ogni volta era come se una stella cometa passasse. Lo guardavamo curiosi, rapiti, volevamo solo che ci prendesse e ci portasse dove sapeva lui. Subito.

Ma poi Riccardo tornava a casa. Si metteva al computer. Lavorava una notte, due, tre.

E veniva a svegliarmi.

«Wendy, non ce la faccio.»

«Bamore, certo che ce la fai. Ce l'hai già fatta.»

«No. È un'idea del cazzo.»

«È un'idea bellissima.»

«Ma non suona, non suona! Il *Peter Pan* suonava. L'idea del tic tac nella pancia del coccodrillo come sviluppo naturale di Wendy e come rischio mortale per Peter... capisci? L'ho sentita subito suonare: ecco perché poi lo spettacolo ha funzionato. Perché suonava. Dal primo istante.»

«Bamore, prova a andare avanti.»

«È inutile. Inutile, Wendy.»

Prendeva a piangere, piano. Si soffiava il naso sulla mia maglietta. Tu non mi lasciare mai, ti prego: giura, mi chiedeva. E io no: non l'avrei lasciato mai. Glielo giuravo. Lui non ci credeva.

«Invece mi lascerai» insisteva. «Tic tac. Mi lascerai come Wendy lascia Peter Pan.»

«Non lo farò.»

«Lo farai. Tic tac. Tic tac.»

«Sposiamoci.»

Mi pare sia venuta così, l'idea.

E un mese dopo eravamo marito e moglie. Siamo usciti di casa vestiti come al solito, come al solito abbiamo fatto colazione, nel solito bar, come al solito dopo pranzo ci aspettavano le prove. Ma prima siamo andati a sposarci.

Così, tanto per fare una cosa che aiutasse Riccardo.

Così, tanto per fare una cosa che aiutasse me ad aiutarlo.
Così, tanto per fare una cosa.
Per bamore, solo per bamore.
«Ce l'avete un'altra candelina a forma di uno?» ha chiesto oggi, alla cassiera in fondo a sinistra, la signora Cunningham.
La cassiera si è alzata, è andata a rimestare in uno scatolone, in fondo al corridoio centrale del supermercato, è tornata con la candelina.
«Eccola. La piccola compie già undici anni?»
«Non ancora, ma quasi.» Ha sorriso con tutta la voce la signora Cunningham. «Domani è il mio undicesimo anniversario di matrimonio.»
«Auguri» ha cinguettato la cassiera. «E complimenti: di questi tempi undici anni sono un record.»
«Avere un matrimonio felice è una fortuna, non un merito» ha continuato a sorridere la signora Cunningham.
E chi lo sa: forse ha ragione lei.
Ma sicuramente non si sarà sposata tanto per fare una cosa.
L'avrà fatto per amore, non per bamore.
Sarà stato un giorno importante, quello, per lei.
Il più importante della vita.
Il più bello: come per me la sera della prima di *Peter Pan*.
Quella però ormai è andata.
Il matrimonio della signora Cunningham resta.
Il mio affanna.
E forse lo fa dal giorno in cui è stato celebrato.
Quella sera stessa Claire e Valentina mi hanno presa in disparte.
«Wendy, senti» ha cominciato Claire. «Ora che sei pure sua moglie, è necessario tu lo sappia.»
«Cosa?»
«Gli attori della compagnia cominciano a non poterne più.»
«Di Riccardo?»
«No, di Riccardo non se ne ha mai abbastanza, lo sai bene. Non ne possono più di non lavorare. Non ne possiamo più, Wendy. Io

sono stata costretta a chiedere un aiuto ai miei per l'ultimo affitto. Tu non avrai problemi a farlo, mi ha detto Riccardo che andrete a vivere in una casa che vi ha regalato tuo padre. Ma non tutti sono come te.»

È vero che mio padre mi aveva intestato la casa dove ci saremmo trasferiti di lì a poco, dove adesso abitiamo.

Ma non è vero che non avevo problemi a chiedergli ancora aiuto: tant'è che non l'avevo fatto. O meglio. Da quando la compagnia barcollava, dietro all'ispirazione di Riccardo, avevo sì chiesto una cosa a mio padre.

«Dammi un lavoro alla Tea, papà.»

«Alla Tea? Tu?»

«Mi va bene tutto.»

Chissà quante cose saranno passate fra la testa e il cuore, è il caso di dirlo, di mio padre. Fra tutte una, ne sono certa: l'importante è che se ora ha davvero bisogno di soldi, questa non si rimetta a fregare portafogli.

E così, da lì a un mese, avrei dovuto iniziare a fare da segretaria a uno dei dirigenti della Tea, la più importante azienda di sanitari in Europa: a vostro servizio.

Non volevo dirlo a Riccardo, perché non pensasse che fosse il primo passo di quel ritorno a casa Darling che tanto temeva. E naturalmente ho evitato di dirlo a Claire.

Che ha continuato: «Insomma, Wendy. Con Riccardo nessuno ha il coraggio di parlare chiaramente, ma stiamo tutti facendo dei provini in giro. Se finalmente uscirà dalle sabbie mobili in cui è caduto, sono sicura che nessuno di noi si rifiuterebbe di lavorare con lui. Ma dobbiamo salvarci il culo. Mi capisci?».

La capivo.

Al punto che sono andata con lei e Valentina a quel provino.

«È una serie televisiva che si preannuncia rivoluzionaria» mi aveva spiegato Claire. «E infatti è un buon segno che per la protagonista cerchino un'attrice di teatro, che sa che cosa significa recitare, e non la vincitrice di qualche reality.»

«Posso accompagnarvi?»

«Certo. So che cercano anche delle comparse.»

Tanto vale tentare, mi sono detta. D'altronde tutto è meglio che lavorare alla Tea: e per me, e per Riccardo.

Se poi questa serie televisiva non è nemmeno così male, chissà: lui mi guarderà, alzerà di nuovo il braccio sinistro. E, alzandolo, magari gli si rialzerà lo spirito. L'amore – o il bamore, o quello che è – certi miracoli li fa.

Valentina ha appena finito di recitare la sua poesia. S'inchina, leggermente, verso la gigantografia. Poi verso la platea. Torna al suo posto.

È la volta di un altro attore della compagnia, con cui Claire negli ultimi tempi aveva una storia.

«Vorrei condividere con voi l'inizio di un monologo a cui Claire stava lavorando. Aveva cominciato a scrivere, da qualche anno, e io ho sempre confidato che fosse questa, la sua vocazione più profonda.»

Inizia a leggere.

Valentina si avvicina a noi, abbraccia Riccardo, saluta a malapena me.

Mi tratta così, cioè non mi tratta, da quando va in onda "Testa o Cuore".

Lo faceva anche Claire.

Come sia stato possibile che, dalla serie televisiva che si preannunciava rivoluzionaria, "Testa o Cuore" per la compagnia di Riccardo sia diventata immondizia, non l'ho mai capito.

Eppure quando dalla produzione era arrivata la telefonata che avrebbe cambiato per sempre la mia vita, Claire, Valentina e tutti gli altri erano sembrati contenti per me.

«La tua faccia sarebbe sempre stata un po' troppo banale per il teatro, è una fortuna che la televisione ti dia questa opportunità» aveva sentenziato Claire: ma credevo fosse un modo per farmi le congratulazioni. Un modo suo, loro. Il solito, per cui l'anima senza ventriloquo non può esprimersi. Però c'è. Ce l'hanno. Quell'anima è viva, sente.

C'è?
Ce l'hanno?
Quell'anima è viva?
Sente?
Mi chiedo oggi, come mi chiedo sempre: sempre.
L'anima c'è?
Ce l'hanno?
È viva?
Sente?
Riccardo e Valentina parlano fitto, vicino a me.
Dalla poltroncina davanti a noi si gira un signore, forse infastidito. Ha due occhi di un azzurro incredibile, sembrano pescare proprio nel fondo dell'azzurrità, per restituirla così com'è.
Sono certa voglia zittirli: e invece si rivolge a me.
«Ma secondo lei scopano, questi?» mi sussurra.
Credo di non avere sentito bene.
«Cosa, scusi?»
«Scopano? Insomma, hanno una vita sessuale attiva?»
«Chi?»
«Gli amici di mia nipote. Questi quattro scemi che stanno parlando. Secondo me no. È l'unica giustificazione che posso dargli. Proprio non si rendono conto che non è morta solo un'artista, ammesso e non concesso che mia nipote lo fosse?»
«Secondo me lo era.»
«Ma chi se ne frega! Insomma, è morta una persona. Forse non se ne accorgono perché loro per primi sembrano, persone. Ma non scopano e allora non possono esserlo fino in fondo, poverini. Che ne pensa lei?»
«Io...»
«Non mi dica che le pare una commemorazione, questa. È un coito interrotto, ecco cos'è. Se lo sapevo andavo in chiesa: meglio ascoltare un passo della Bibbia che una terza pagina di quotidiano scritta male.»
Riccardo si accorge che lo zio di Claire sta parlando con me.

«Ho partecipato ai suoi seminari su Rabelais» gli dice.

«Appunto» dice lui, sempre rivolto a me. «E comunque complimenti per "Testa o Cuore". Non perdo una puntata.»

Torna a girarsi.

«È così ironico» commenta Riccardo.

«Ironico?»

«Figurati se uno come lui guarda la televisione.»

Riprende a parlare con Valentina. Quant'è grande Vincent de Fraidmont, fa lei, grandissimo, fa lui.

Nel frattempo l'ultima regista con cui Claire ha lavorato sta spiegando come non le fosse mai capitato di avere tutto da imparare da un'attrice, nulla da insegnare.

Respiro.

Bevo.

Ancora respiro.

Ancora bevo.

Sfilo, piano, il cellulare dalla borsa.

"Ho bisogno di fare l'amore con te. Subito" scrivo ad Anthony.

1 BOTTIGLIETTA DI SALSA DI SOIA
1 BARATTOLO DI CAFFÈ ILLY
6 LATTINE DI HEINEKEN

Ho messo in ammollo i funghi.

Ho fatto rosolare per bene la carota, la cipolla, il sedano: quando fanno fsssh a Viola piace sempre tanto.

Fsssh

Ho aggiunto il prosciutto, ho insaporito, ho affettato il tartufo bianco facendo attenzione.

Ho grattugiato la noce moscata: guai a dimenticarla.

Ho aggiunto anche i pomodori e ho lasciato cuocere a fuoco lento.

Stendere la pasta, poi, mi rilassa: mentre non riesco mai a essere perfetta quando si tratta di tagliarla. Per la crostata o la pizza sì, me la cavo. Ma per i cannelloni va tagliata in rettangolini piccoli, e mi escono sempre un po' storti.

Anche stavolta. Ce l'ho messa tutta, però niente.

Fortuna che non si nota, al dunque: perché, infilato il composto in ogni rettangolino, ho arrotolato la pasta e via. Non c'era differenza fra un cannellone e l'altro. Nell'aspetto, onestamente, il piatto non aveva nulla da farsi rimproverare. Anche il sapore non era male: almeno mi auguro.

«Stavolta ti sei superata» ha detto Michele. E pareva sincero.

«Grazie, amore. Il merito è tutto del tartufo e dei funghi: quando non sanno di niente è un disastro.»

Mi ha versato un altro bicchiere di vino: a cena appena iniziata la bottiglia era già a metà!

Ma i bambini stasera sono a dormire dai genitori di Michele, è il nostro anniversario e tutto ci è permesso.

Michele, come ogni primo marzo, ha preso una mimosa al cioccolato: e come ogni primo marzo io ho pensato alle candeline.

Seppure avere un matrimonio felice non sia certo un merito, ma una fortuna, il numero delle candeline che aumenta mi ha sempre riempita d'orgoglio.

Quest'anno non so.

Sarà che sembravano specchiarsi, quelle due candeline a forma di uno, sulla mimosa.

Così sottili, col loro nasino curvo, così necessarie l'una all'altra per fare 11, eppure così capaci di fare 1 ognuna per sé, non so come dire.

Così identiche: così sole, poverette.

Sembravano guardarsi e chiedersi, tutto bene?

«Tutto bene?» Me l'ha chiesto anche Michele, appena abbiamo finito di fare l'amore.

Era da tanto che non lo facevamo, quasi due settimane.

La colpa è mia, è un po' di tempo che non ne ho più tanta voglia.

Quando lo facciamo è sempre stupendo, per carità.

Ma il problema è arrivarci, a farlo. Spogliarmi, spogliare Michele: fare montare la panna, come dire.

Il desiderio, quello che è.

Appena monta diventa tutto facile, naturale, bellissimo.

In una puntata di "Testa o Cuore" Lei, parlando con la sua amica di sempre, dice che ogni volta che va a letto con Lui è come fosse la prima e spiega così, nella parte "Cuore", perché non senta il bisogno di sperimentare nuove pratiche, club dove le coppie si scambiano fra loro e assurdità del genere, che invece nella parte "Testa" Lei e Lui proveranno – e mi ha fatto ridere, ma onestamente mi ha pure messo una certa ansia quel punto.

Comunque: anche per me ogni volta fare l'amore con Michele è come fosse la prima.

Le sue mani, sono soprattutto le sue mani. Quando mi si arrampicano addosso promettono, ancora e sempre, che davvero vogliono me, riescono a farmi sentire proprio una specie di Tea Fidelibus: unica, ecco. Mi fanno sentire unica. Perché ho le gambe che ho, l'ombelico, il seno, il collo dei piedi. Semplicemente.

«Tutto bene, amore. Certo» l'ho rassicurato subito. In effetti era davvero molto, molto eccitato stanotte. È stato quasi violento! Mi stringeva i capezzoli, me li torturava, sembrava volesse strapparmeli: ma, poveretto, è da più di dieci giorni che stava a secco. E poi devo ammettere che mi piace, quando diventa un po' aggressivo.

Soprattutto in questi mesi.

È come se mi rimettesse a posto.

Come mi riportasse al nostro letto, alla nostra casa, alla nostra vita.

Non che abbia bisogno di tenere a mente chi sono e dove abito, figuriamoci.

Ma ogni tanto mi sembra di andare non so come dire: sottovuoto, ultimamente.

Sento proprio l'aria che mi manca e il corpo che si mette a galleggiare, per conto suo, dentro una specie di sacchetto.

E fuori dal sacchetto tutto il mondo.

Da una parte è una sensazione fantastica, nessuno mi può disturbare mentre sono lì, sparisce l'ansia, tutta, i pensieri non stanno più in fila per uno, schizzano via per conto loro, fanno giri assurdi, poi prendono a frullare forte, fortissimo, e vanno così veloce che si mischiano fino a diventare una cosa sola: niente.

Però dall'altra è insopportabile, ieri in banca, per esempio, mi ha costretto a rifare un calcolo semplicissimo per quattro volte, perché proprio non ci stavo con la testa. E mi fa essere troppo nervosa con i bambini, soprattutto con Viola.

Passa solo quando chatto con Davide Morelli: che persona meravigliosa è, era dai tempi di Giulia Fedrizzi che non riuscivo a parlare con qualcuno anche di argomenti, come dire, un po' particolari.

E passa quando faccio l'amore con Michele.

Ora si è addormentato, di colpo.

Fa sempre così.

Fra un'ora circa si sveglierà, andrà a lavarsi i denti, spegnerà la luce sul comodino e sarà pronto davvero per la notte. Io forse starò già dormendo, forse no.

Dipende.

Da quando è arrivato l'effetto sottovuoto non prendo sonno molto facilmente.

Stanotte confido nel Nero d'Avola però.

«Undici anni. Ci pensi?» dico, anche se Michele non può sentirmi, proprio perché non può sentirmi.

Undici anni: ci penso.

A quando quel ragazzo bello con le gambe troppo lunghe, le spalle forti, gli occhi biondi, la faccia da pugile sexy (l'avrebbe definita mia madre, quando l'ha conosciuto, per aggiungere, più in là, dopo uno dei loro infiniti litigi: sprecata per un tipo noioso come lui) mi ha preso la mano.

Eravamo andati a cena in una taverna di Trastevere con mille fiaccole ballerine all'ingresso, due camerieri in divisa, mazzi di ciclamini selvatici a ogni tavolo.

Avevamo mangiato un po' pesante, ma molto bene.

Io avevo accettato il suo invito più per non dire di no a un collega così gentile che per dire di sì a lui.

È che avevo ancora Fulvio Renna in mente.

O meglio: credevo che l'amore fosse quella cosa lì.

Che mi dovesse frullare il cuore, che mi dovesse bollire il respiro come quando, al Circeo, Fulvio era strisciato nella camera dove dormivamo noi ragazze.

«Vieni con me» aveva detto. E io l'avevo seguito, tipo una sonnambula. Aspettavo da talmente tanti anni quel momento che tutte le emozioni possibili e anche quelle impossibili, mai state mie, mi sono scoppiate dentro.

Gli altri dormivano, abbiamo fatto piano pianissimo per non svegliare nessuno. Siamo usciti sul patio.

E lì Fulvio mi ha baciata.

E mentre mi baciava mi sfilava via la camicia da notte.

E mentre rimanevo nuda mi faceva stendere per terra, tenendomi una mano dietro la testa, perché non mi facessi male.

E si è abbassato i boxer.

E abbiamo fatto l'amore.

Anche se l'ho capito solo la mattina dopo, ritrovandomi le mutandine un po' sporche di sangue: è stato tutto talmente veloce!

Eppure infinito.

Il momento più bello di sempre, forse (fino a quando ho saputo di essere incinta di Viola e di Gustavo, ovvio). Forse il più intenso (fino alla nascita di Viola e di Gustavo).

Poi Fulvio mi ha sorriso, anche se eravamo al buio l'ho visto. Mi ha sussurrato: «Questo è il nostro segreto». Si è rialzato i boxer ed è tornato nella camera dei ragazzi. Io in quella delle ragazze.

Mi pareva proprio, come dire, che finalmente la vita fosse toccata a me.

Con Michele ci ho messo qualche mese a rendermi conto che la vita toccava di nuovo a me, e stavolta definitivamente.

Dopo cena abbiamo passeggiato, l'estate era alle porte e a Roma c'era quell'aria frizzantina che fa sembrare tutto buono e giusto.

O forse chissà: era buono e giusto Michele, e Roma era semplicemente d'accordo!

Siamo rimasti in silenzio e lui mi ha preso la mano, all'improvviso.

Come fosse la cosa più semplice del mondo da fare, come fosse l'unica possibile. E come fosse la più semplice e l'unica possibile io gliel'ho stretta, forte.

Due giorni dopo mi ha baciata, nel garage della banca.

Una settimana dopo mi ha invitata al lago di Bracciano, dove i suoi hanno una casa di pietra e mattoni rossi, nascosta nella campagna.

Le pareti erano tappezzate di foto di Michele piccolo, delle sue sorelle, dei genitori, un caminetto parlava dei loro inverni, un tavolo da biliardo delle loro serate e un barbecue, nel cortile, delle loro estati.

Non avevo mai visto un posto così, dove sembrava che al mondo non ci fosse nient'altro da fare che starsene tranquilli, essere contenti.

Abbiamo affittato un pedalò, preso il sole, acceso il barbecue.

E abbiamo fatto l'amore.

Dopo sei mesi sono rimasta incinta di Viola.

Il test l'abbiamo fatto insieme, cioè: io l'ho fatto, naturalmente, ma il risultato l'ha controllato Michele. Si è messo a piangere, però nello stesso tempo rideva e io ho capito. E mi sono messa a ridere, però nello stesso tempo piangevo.

Che giornata.

La più bella di sempre.

Dopo due mesi è arrivato il primo marzo e ci siamo sposati.

Le sorelle di Michele sono state incredibili, mi hanno aiutata a scegliere il ristorante – un agriturismo appena fuori Roma gestito da uno chef tedesco che ora ha anche una rubrica di ricette su "Gente" –, i fiori – cascate di peonie e di orchidee lungo l'altare –, il vestito – di raso e seta: semplice ma elegantissimo –, il trucco – tutto giocato sugli ombretti senza né matite né rimmel –, e tramite il cognato di una di loro che lavora in Vaticano sono perfino riuscite a prenotare proprio la chiesa che Michele e io desideravamo, sull'Aventino, con il Giardino degli Aranci di fronte, dove fare le foto.

Sembrava impossibile organizzare tutto in meno di sessanta giorni.

Eppure grazie a loro ce l'abbiamo fatta e non dava assolutamente l'aria di qualcosa d'improvvisato, anzi.

La sorella più grande di Michele, poi, con le bomboniere ha proprio esagerato: ha voluto occuparsene lei personalmente, e in una gioielleria artigianale, molto esclusiva, ha trovato due piccoli cigni d'argento lavorati a mano, con i becchi che s'incrociano, gli occhietti di topazio.

Insomma, è stato un giorno dove c'era tutto.

Non mancava niente.

E lì io mi sono davvero innamorata di Michele.

L'ho visto avanzare sicuro, più biondo di sempre e fantastico lungo la navata della chiesa. Sembrava un re. Mia madre aveva insistito per accompagnarmi all'altare: «Se avessi avuto modo di contattare Erica Jong, avrei chiesto a lei di farlo» continuava a ripetere a tutti, durante il ricevimento. «Sapete, non fosse per la Jong oggi non saremmo qui, a festeggiare questo meraviglioso matrimonio: è la Jong, il vero padre di mia figlia, non immaginate che disastro fosse quello naturale... per non parlare di quel bastardo del padre adottivo di Erica, che poi sarebbe il padre naturale di mio figlio Eros.»

Sorrideva, o giù di lì, perfino lui.

Eros.

È stato il mio testimone, naturalmente.

«Mettiti in salvo, Erica. Brava» mi ha soffiato in un orecchio, dopo i sì, e mi ha affondato la faccia nel collo, me l'ha strofinata sulla spallina di raso e seta del vestito.

Incredibile: in questi undici anni non ci avevo più ripensato.

Mettiti in salvo, Erica.

Brava.

Mi ha soffiato Eros sull'altare.

Dovrò assolutamente raccontarlo allo psicologo che lo segue in comunità.

Michele e io lo incontriamo una volta al mese.

«È davvero difficile stabilire un'anamnesi, per suo fratello. Ha rimosso tutto» ci ha detto, l'ultima volta.

Che cosa sia l'anamnesi, io l'ho imparato da "Testa o Cuore": in una puntata Lei e Lui vanno a fare qualche seduta di terapia di coppia, perché da un giorno all'altro Lui, mentre bacia Lei, ha l'impressione di baciare la madre.

«Veniamo all'anamnesi. Cvedo sia necessavia» dice una psicologa con la erre strana che li prende in cura, dopo avere ascoltato il loro problema, e comincia a informarsi su come fossero Lui e Lei da piccoli, che rapporto avessero con i genitori e così via.

Dunque anamnesi significa ricordare. Anche se si tratta di cose dolorose.

Infatti nella parte "Cuore" va a finire che Lei e Lui, usciti dalla terapia, cominciano a ridere come matti per la erre della psicologa e quella sera stessa fanno l'amore senza madri di mezzo.

Nella parte "Testa", invece, dall'anamnesi viene fuori che Lui, da bambino, si è sempre sentito in colpa per i tradimenti che il padre infliggeva alla madre: e senza accorgersene ("inconsciamente") si è sostituito al capofamiglia, diventando una specie di marito per sua mamma.

Comunque.

L'anamnesi del mio matrimonio con Michele non è difficile da fare.

Per niente.

Abbiamo quasi solo bei ricordi, lui e io.

Tranne qualche litigata, certo.

Che ne so: il Natale che mia madre si è presentata con il primo dei suoi fidanzati ragazzini, il figlio della sua insegnante di yoga, e ha chiesto a Michele di trovargli un posto nella banca dove ci siamo conosciuti e dove ora lui è diventato dirigente.

Michele non ci ha più visto, le ha urlato di tutto e poi se l'è presa ingiustamente anche con me, perché secondo lui mi sarei dovuta impegnare a tenere mia madre lontana dai nostri figli, che hanno bisogno di figure adulte positive con cui confrontarsi: ma gli è passata quasi subito ed è tornato a essere lui quello più pacato, che consiglia a me come sopportarla.

Poi c'è stata la questione del trasloco, tre anni fa, Michele insisteva per venire a vivere qui in centro, vicino alla sua banca, io avrei preferito restare dov'eravamo, in periferia, perché si trovava sempre parcheggio e perché era una zona molto più verde, più adatta a Gu e Viola insomma. Ma lui si era proprio innamorato di questa casa, delle due camerette per i bambini così spaziose, della cucina con le finestre grandi, e dopo che ha ottenuto un prezzo eccezionale perché ha scoperto un piccolo abuso edilizio, non c'è stato verso di fargli cambiare idea, e tutto sommato ormai mi sono abituata, anche per quanto riguarda il parcheggio: basta prendere i mezzi invece della macchina, c'è anche una fermata della metro a due passi da dove abitiamo.

Non è stato un periodo facile nemmeno quando hanno ricoverato Viola con la polmonite, ovviamente: però non c'entra col rapporto fra me e Michele.

Anzi. Non ci fosse stato lui, io sarei morta per la preoccupazione.

Avremmo potuto viaggiare di più, in questi undici anni.

Ecco.

Questo sì.

Non ho mai preso un aereo in vita mia e mi piacerebbe provare.

Michele ogni tanto lo prende per lavoro, ma mai volentieri e quando è in ferie vuole solo precipitarsi nella casa al lago a stare in pace, portare i bambini a pesca, comprare le braciole dal macellaio del paese – che lo conosce fin da quando era piccolo e tiene sempre da parte per noi i pezzi più teneri –, invitare per un barbecue le sorelle e gli amici.

Lui è a posto così.

Anch'io, tutto sommato.

Certo, oggi devo ammettere che quella cosa un po' mi ha colpito.

Mancavano pochi minuti alle otto, il supermercato stava per chiudere e io mi sono accorta che per colpa dell'effetto sottovuoto ne avevo fatta un'altra delle mie e avevo dimenticato di comprare il vino secco per il ripieno dei cannelloni!

Sono volata giù senza nemmeno pettinarmi, e?

Mentre sul nastro della cassa di sinistra passava il vino secco, su quella di destra passava una bottiglietta di salsa di soia. Di Tea Fidelibus.

E allora l'ho pensato, sì.

Ho pensato: vedi?

Vedi come fanno, le coppie strane?

Quelle che nemmeno hanno tempo di accorgersi che sono già passati undici anni?

Quelle come magari saremmo stati Fulvio e io, chi lo sa.

Non usano l'olio, non usano il vino secco: usano la soia.

Mangiano esotico. Vivono, esotico.

Chissà quanti viaggi avranno fatto, la Fidelibus e il marito.

«Ultimamente mi sento a casa solo quando sono lontana» ha detto lei, qualche sera fa, in un programma dove il conduttore mostra al vip di turno dieci foto della sua vita e il vip deve commentarle. Quasi tutte le foto di Tea Fidelibus erano, appunto, in posti lontanissimi.

La cassiera in fondo a sinistra un giorno, sarà stato novembre, le ha chiesto dove avesse preso quella bella abbronzatura.

Sono andata a Tunisi per il weekend, ha risposto lei.

Come fosse la cosa più semplice del mondo passare un weekend in un altro continente, come fosse l'unica possibile.

Saranno stati in Thailandia, Tea Fidelibus e Riccardo Bruni?

Fulvio Renna come foto di copertina del suo profilo ha quella di un'isola, della Thailandia.

È stato l'unico scambio personale che abbiamo avuto da quando c'è il gruppo.

– è la sicilia?

gli ho chiesto io.

– è ko lanta, sta in thailandia

ha risposto lui.

Un giorno o l'altro dovrò chiedere a Davide Morelli che cosa dicono i clienti della sua agenzia, della Thailandia.

Sì, sicuramente la Fidelibus e il marito ci sono andati.

Stasera avranno mangiato thailandese per sentirsi di nuovo lì, magari proprio sull'isola di Ko Lanta, dove il mare li proteggeva, immenso e amico.

Come il mare del Circeo ha protetto me e Fulvio, quella notte.

Solo che per loro non si tratta di una notte insieme, si tratta di tutte le notti.

Pazze, sonnambule: insieme.

Con tutte le emozioni possibili e anche quelle impossibili che scoppiano dentro.

Avranno lasciato la cena a metà, si saranno spogliati e si staranno spalmando la soia addosso, ora?

Chissà.

Lei e Lui, sempre nella puntata sulle sperimentazioni sessuali, quella dove vanno al club di scambisti, si spalmano addosso la Nutella, a un certo punto.

E fanno l'amore.

1 costa di sedano
1 confezione di carote
2 limoni
1 busta di mandorle sgusciate
1 litro di latte intero
800 grammi di polpa di manzo
1 chilo di farina bianca
1 chilo di farina di mais
1 chilo di sale fino
1 bustina di curry
1 confezione di Digestive (cioccolato bianco e mirtilli)
1 bottiglia di Fanta
1 deodorante
1 pacchetto di rasoi da donna
1 confezione di pasticche per la lavastoviglie

Com'è che il sesso se ne va dalle case, com'è che sparisce fra le cose?

Com'è che a due persone niente veniva più spontaneo che cercarsi e all'improvviso niente riesce più impensabile?

Chi è che spegne i corpi? La testa? Il cuore?

O si spengono da soli, cominciano loro, loro suggeriscono alla testa "è finita", e poi convincono il cuore: "è finita".

È finita?

Guardo Riccardo che sul divano russa, sgraziato, prepotente anche mentre dorme, soprattutto mentre dorme bambino, con le gambe una su e una giù, le braccia spalancate, fra i cuscini i piattini di plastica del sushi take-away che ormai chiamiamo quasi tutte le sere per la voglia di cucinare che non c'è, per il bisogno di mangiare allo stesso tavolo che manca.

È finita?
Come? Quando? Perché?
«Riccardo, non ne usciremo vivi.»
«Da cosa?»
«Da questo.»
«Questo cosa?»
«Io e te qui, a letto, nudi. E tu che non hai nessuna voglia di me.»
«Io ho sempre voglia di te, Wendy.»
«Se fosse sempre sarebbe ora.»
«Ma se fosse ora forse non sarebbe per sempre.»
Passa un mese dall'ultima volta: si diventa complicati.
«Queste medicine che prendo per la pressione hanno come effetto collaterale di abbassare la libido, finalmente è tutto chiaro.»
Passano due mesi dall'ultima volta: si diventa bugiardi.
«Il sesso è qualcosa di intrinsecamente fascista.»
«Assolutamente sopravvalutato.»
Passano sei mesi: si diventa ridicoli.
«Faccio così schifo?»
«La verità?»
«La verità.»
«Ma ti senti? Dov'è finita la mia ragazzina sottomessa? Dove, la mia Wendy sognante? Con quella sì che era bello, fare l'amore, con quella aveva senso, per Dio. Ora guardati, guardati! Sei solo una starlet nevrotica che un giorno ha lavorato troppo, un altro ha litigato con la sua regista, un altro ancora ha bisogno di andare a letto presto perché si deve svegliare all'alba: lo faresti ammosciare a chiunque.»
«Scusami se lavoro anche per mantenere te.»
«Be', almeno io non ho venduto l'anima al diavolo.»
«Perché non te l'ha chiesta. Vuole solo merce di prima qualità, lui.»
Passa un anno: si diventa cattivi.
«Vieni qui, bamore mio, abbracciami.»
«Bamore. Non mi lasciare mai.»
Passano quasi due anni: si ha paura.

Tantissima paura.

E con la paura sale la colpa.

Non avrei dovuto accettare di fare "Testa o Cuore"? Ho tradito tutto quello in cui ho sempre creduto e ho deluso Riccardo? Sono solo una starlet nevrotica, ormai? È una follia continuare a vedere Anthony, se voglio davvero salvare il mio matrimonio? O il sesso se ne va comunque dalle case, sparisce comunque tra le cose, e allora tanto vale rassegnarmi e tenermi stretto Anthony, proprio per tenermi stretto il mio matrimonio? Ha ragione Riccardo quando dice che se non facciamo più l'amore è perché siamo legati da qualcosa di più profondo, rispetto a tutte le altre coppie, ma io sono troppo stupida per capirlo? Ha ragione lui, mi converrebbe pensare di avere già settant'anni, perché la menopausa è l'unica vera forma di liberazione femminile, e con uno sforzo mentale si può raggiungere anche prima del tempo? Mi ama davvero? Mi ha mai davvero amata? Ce l'ha un'anima? È viva? Sente? Perché non so raggiungerla?

Me le trovo nel caffè queste domande, ogni mattina. Ogni notte s'addormentano dopo di me.

Sono mostri. Brutti, senza gambe: e però vanno da tutte le parti; senza occhi: ma non fanno che fissarmi.

E si riproducono, in continuazione.

Così alle domande che potrebbero essere utili si mischiano quelle che non serviranno mai a nessuno, a niente.

È tutta colpa di Roma? Dovremmo trasferirci nel deserto di Atacama, in Cile, dove eravamo stati così bene, nel nostro primo viaggio insieme? In Namibia, dove quella notte, nel campo tendato, ci sembrava proprio di averla raggiunta, l'Isola Che Non C'è: dentro solo noi e, a farci un girotondo attorno per proteggerci dal mondo, animali mai visti, stelle giganti e misteri? In un monastero in Tibet? Ho sbagliato quando, tre mesi fa, Riccardo mi ha chiesto di andare al cinema e io non me la sono sentita perché avevo la febbre? È lì che ho rischiato di perderlo, definitivamente? È lì che l'ho perso?

Ma, soprattutto: perché? Perché oggi pomeriggio non ho comprato ottocento grammi di polpa di manzo? Perché non sapevo nemmeno che esistesse, una cosa così, e l'ho scoperto solo adesso, a trentaquattro anni, quando la signora Cunningham ha sospirato al commesso del banco carne: «Speriamo sia tenera abbastanza per lo spezzatino, questa polpa di manzo»?

Dov'ero, mentre le donne che oggi hanno la mia età imparavano a preparare uno spezzatino?

In che modo stavo già perdendo il gioco a premi che stringi stringi è la vita, che è l'amore?

Stavo rubando portafogli agli amici dei miei genitori? M'innamoravo di un tipo a caso, per hobby? Sognavo un paese abitato solo da artisti? Stavo malissimo? Benissimo?

Come li ho persi, i punti?

Dove?

Si potranno mai recuperare?

Se sapessi fare una spesa come quella della signora Cunningham, Riccardo mi desidererebbe ancora? Se sapessi che cosa farci, con quella stramaledetta polpa, allora tra noi sì: potrebbe non finire mai?

È il sushi take-away che ammazza tutto?

1 CESTINO DI FRAGOLE
4 ARANCE
2 POMPELMI
2 BANANE
1 CONFEZIONE DI POMODORINI
1 CONFEZIONE DI CAROTE
2 MELANZANE
1 CONFEZIONE DI FIORI DI ZUCCA
1 CHILO DI TROFIE DI FARRO BIOLOGICHE
1 BARATTOLO DI PEPERONCINO TRITATO
1 CANDELA AL MUSCHIO BIANCO
MEZZO LITRO DI OLIO D'OLIVA DA COLTIVAZIONE BIOLOGICA

Anthony Fark. Ma tu pensa!

– C'era Anthony Fark al supermercato con Tea Fidelibus: è il suo personal trainer privato!!!!! Quando li ho visti entrare sono entrata pure io: volevo un autografo per la mamma della migliore amica di Viola che lo ADORA... poi mi è mancato il coraggio di avvicinarmi e alla cassa ho comprato una confezione d'acqua, per fare finta che mi servisse qualcosa ☺

Mentre le cipolle appassiscono lente, a fiamma bassa, lo scrivo a Davide Morelli.

Anthony le indicava prendi questo, prendi quest'altro, fidati di me, un piatto di pasta può ingrassare meno di un bicchiere di quella tua schifosa birra, dipende tutto dai condimenti.

Diceva.

Gliel'ha ripetuto anche alla cassa, parlando non ho capito di che cosa (probabilmente della centrifuga per cui le ha fatto comprare le carote, lui è fissato, la consiglia almeno una volta alla settimana): «Fidati di me».

Con quell'accento mezzo americano mezzo napoletano, suo solo suo, sembrava proprio di avere la televisione accesa e vedere "Beauty Fark".

C'è tutte le sere per dieci minuti, dopo l'ultimo telegiornale.

Ha partecipato pure a una delle puntate di "Testa o Cuore", Anthony Fark. Faceva se stesso: Lei e Lui, passate le vacanze di Natale, sentono il bisogno di rimettersi in forma e chiamano il personal trainer più famoso che c'è in giro.

Cioè lui, Fark.

Nella prima parte va a finire che ogni sera, stremati, Lei e Lui appena Anthony va a dormire si buttano sui pandori e sui torroni avanzati dalle feste.

Nella parte "Testa", invece, Lui in una settimana diventa più ligio di Anthony stesso con gli esercizi e con la dieta, gli spuntano degli addominali pazzeschi, allora Anthony sente minacciato il suo posto da conduttore in tv, si convince che Lui gli voglia fregare il posto e li molla.

Lascia sul tavolo una torta gigante, schifosa, piena di grassi, con il caramello che gronda, dieci strati di cioccolato e panna e un biglietto: EAT IT, TUTTA, MIGLIORA ADDOMINALI E GLUTEI, BELIEVE AMMÈ. FOREVER VOSTRO A.F.

Era stata una puntata davvero divertente.

Anthony Fark lo è sempre, divertente, anche se i consigli che dà sono molto, molto rigorosi. Il suo trucco è proprio questo: fa raccomandazioni che potrebbero sembrare esagerate, propone esercizi assurdi, tipo utilizzare il tempo in metropolitana alzandosi e riabbassandosi sulle punte dei piedi duecento volte per rassodare le gambe, ma sorride. Sempre.

E spara ogni tanto una parola in italiano sbagliata, così da non sembrare uno che dall'alto della sua perfezione giudica noi mortali e le nostre pancette.

E allora sembra uno normale, non so come dire, uno come Michele.

Però senza pancetta: tutto qui.

Chissà che cosa penserebbe dello spezzatino che sto preparando, Anthony.

Per i suoi gusti ho già usato troppo olio nel soffritto, lo so.

Ma non tutte hanno la fortuna di Tea Fidelibus, non tutte possono permettersi un personal trainer.

Io mi devo arrangiare: e spero solo che Michele non trovi troppo forte il curry.

È da un po' che volevo provare questa ricetta, è un piatto tipico del Marocco, l'ho ritagliata da "Vanity Fair".

Aspettavo il momento giusto e oggi ho pensato ma sì, dai.

Viola è a ginnastica artistica e andrà a prenderla direttamente Michele, Gu non ne voleva sapere di addormentarsi, dopo pranzo, e l'ho dovuto portare a correre intorno al palazzo con il triciclo, ma ora finalmente ha preso sonno.

Dai.

Proviamo.

Proviamo qualcosa di nuovo.

Di esotico.

Non sarà come vivere a Formentera, non sarà come andare su un'isola in Thailandia, ma chi lo sa.

Magari a mangiare strano ci si sente quasi in vacanza.

Magari l'effetto sottovuoto si, come dire, buca.

Perché da ieri non mi dà pace. Anzi, me ne dà troppa.

Insomma: al solito mi ritrovo la testa insacchettata, e di pastafrolla. I pensieri che schizzano, si squagliano, i polpastrelli delle mani e dei piedi che non mi sembrano più miei.

La vita che faccio, non mi sembra la mia.

Anzi no: mi sembra la mia. Dio mio, certo che è la mia. Ma senza di me.

E il brutto è che a guardarla così mi appare facile, perfino bella, la mia vita senza di me.

Dunque il problema forse sono io.

È un po' quello che voleva dire Rachele, credo.

Rachele.

Rachele, Rachele: Rachele.

«Ma tu ci pensi, Erica? A tutte le esistenze che potrebbero farci felici, se non fossimo sempre alle prese con la nostra?» mi ha sussurrato, pancia in giù, mani sulla testa, mentre i due maledetti col passamontagna svuotavano le cassette e la cassaforte e il maledetto senza passamontagna puntava la sua pistola, in aria e in faccia a noi.

«Ci pensi, Erica?»

No: non ci pensavo. Pensavo a Viola, a Gu, a Michele. A loro pensavo: a due piccoli quasi orfani e a un quasi vedovo. Chi gli darà la notizia? Dio mio, Viola oggi è a pranzo dalla sua migliore amica, lo verrà a sapere dal telegiornale? "Strage in una banca del centro di Roma": annuncerà il giornalista. Riprenderanno la banca da fuori, Viola la riconoscerà e comincerà a urlare ancora prima che facciano vedere le foto delle vittime. A questo pensavo.

«Bisogna chiederselo, ogni tanto, Erica. Bisogna, cazzo: ma la vita è mia o è lei che sta vivendo me?» insisteva Rachele e a me sembrava scema, completamente: ma si rendeva conto di che cosa stava succedendo? Si rendeva conto che rischiavamo tutti, lì dentro, da un momento all'altro, di dare la buonanotte al mondo, fine, ciao ciao?

Sì.

Se ne rendeva conto.

«Erica, senti.» Ha alzato leggermente la faccia, come per guardarmi meglio. Cretina!, volevo urlarle. Dio mio, metti giù quella testa! L'ha rimessa giù subito, per fortuna. E poi, tutto d'un fiato: «Da quando sei venuta a lavorare qui ogni sera io torno a casa e mi tocco pensando a te. Ecco, l'ho detto. Così, se adesso morirò, almeno morirò da persona che la sua vita la viveva davvero e non si faceva vivere. Io ti amo, Erica. Da un anno, dieci mesi e tre giorni. Ti amo. Ti desidero, ti sogno, ti penso continuamente, ti vorrei leccare tutta, vorrei farti venire, farti felice, portarti a ballare, farti il solletico. Adesso dammi la mano, ti prego».

Gliel'ho data.

O meglio: la mia mano si è data a quella di Rachele.

Da sola.

È lì che è cominciato l'effetto sottovuoto, evidentemente, perché assolutamente non ricordo di essere stata davvero io a farlo.

A dargliela e stringerla fortissimo.

Mentre quei tre urlavano vi facciamo saltare il cervello, guardate che se ci fate incazzare vi facciamo saltare il cervello.

Venti minuti: non riuscirò a crederci mai.

Eppure pare proprio che siano stati lì solo per venti minuti.

A me è sembrato di stare un secolo, mano nella mano con Rachele.

È stata lei a sfilare via la sua, quando i tre maledetti ci hanno lasciati liberi.

E vivi.

Il mio direttore è stato il primo a rialzarsi, ma anche il primo a piangere.

Proprio un pianto isterico gli è venuto, poveretto, da non riuscire a fermarsi.

Ha chiamato la moglie, subito, e ha come ricordato a tutti: ehi, avete un cellulare, avete qualcuno che vi vuole bene, quello che era vostro continuerà a esserlo, siamo fuori pericolo.

E vivi.

Allora anch'io ho chiamato Michele.

Chissà che cosa gli ho detto, il sottovuoto ormai mi aveva insacchettata: fatto sta che lui in meno di mezz'ora era già lì.

Poco prima che arrivasse, mi sono ricordata di Rachele.

Rachele!

Dov'era?

Dove diavolo era, Rachele?

Nessuno lo sapeva.

«È voluta tornare di corsa a casa, poveraccia, era bianca come un lenzuolo, non si reggeva in piedi» mi ha spiegato finalmente il direttore.

Il giorno dopo era un venerdì, la polizia ha dovuto fare dei sopralluoghi e la banca è rimasta chiusa.

Nel fine settimana Michele ci ha portati tutti al lago, per aiutarmi a tornare serena.

Abbiamo fatto delle lunghissime passeggiate, invitato le sorelle di Michele con i mariti e i figli per un barbecue, io non ho mosso un dito per tutto il weekend, perfino Viola si è data da fare, mi hanno trattata proprio come una regina.

«Devi pensare solo a riprenderti» continuava a ripetere Michele.

E poi lunedì sono tornata al lavoro.

E la scrivania di Rachele era vuota.

«Si è fatta trasferire in un'altra filiale, non riesce proprio a reggere lo stress dello shock.» Sempre il direttore. «Ho provato a chiamarla, ma ha il cellulare staccato. Comunque io sono suo amico su facebook, tu no?»

No: io nemmeno ce l'avevo facebook.

Ma quella sera stessa mi sono aperta un profilo.

È stato facilissimo, non me l'aspettavo, credevo ci fossero delle procedure impossibili.

Invece è bastato scrivere il mio nome, l'indirizzo mail e c'ero.

Ero su facebook.

Volevo contattare Rachele, volevo dirle ciao, come stai?, insomma: qualcosa.

Non riuscivo a decidere cosa, però.

A dire il vero non ci riesco ancora.

Comunque.

La prima persona a cui ho chiesto l'amicizia è stata Eros. La seconda una sorella di Michele, la terza l'altra sorella di Michele.

La quarta Giulia Fedrizzi, la mia compagna di banco per tutte le superiori.

E così ho scoperto che esistevano.

Esistevano ancora!

Non avevano mai smesso di esistere.

Non avevamo, mai smesso.

Noi.

Quelli della mitica B del Rousseau 1991-1996.

Chissà, chissà.

La ricetta dice di fare amalgamare quattro cucchiaini di curry con la panna.

Io però credo ne possano bastare due.

Porca miseria, la polpa non ha parti grasse, ma è piena di pellicine esterne.

Devo tagliarle via.
Il portatile fa plin, è arrivato un messaggio.

– anthony fark?? fantascientifico!

Davide Morelli.
Finalmente.

1 confezione di acqua naturale

«Fidati di me.»

Mi ha sussurrato Anthony, con un italiano improvvisamente perfetto.

«Fidati di me.»

Mi ha spogliata, piano.

O forse veloce, non ricordo.

Ricordo solo che abbiamo fatto l'amore una, due, tre volte.

Mentre la notte passava, fuori: dentro una Smart giallo canarino noi.

E.

Mi è venuto il cuore.

Una, due, tre volte.

Così, proprio.

Non me l'aspettavo.

Il cuore: si è sfarinato, sciolto, sparso fino ai polsi, alle caviglie, alle orecchie.

Mentre Anthony pure veniva, ruggendo.

Non solo urlando: ruggendo, davvero.

Come finisse il mondo e a lui spettasse l'ultima parola.

Che non può essere che un rantolo.

Bestiale, totalmente libero, pieno di tutto.

Da fare venire il cuore, appunto.

È passato più di un anno.

Più di un anno: non riuscirò a crederci mai.

Mi sembra sempre di conoscerlo da un minuto, di non averlo ancora conosciuto, di non avere realmente a che fare – e come, e quanto – con uno come lui. Diverso da tutto, tutto quello che ho sempre desiderato per me.

Anche ora, mentre sul terrazzino di casa sua accende la candela al muschio bianco che ha insistito per comprare.

Chi è questo pagliaccio di madre napoletana e padre californiano che parla un napoletano da cartolina, un americano da MTV, il più delle volte non riesce a farsi capire e forse è meglio così per quello che potrebbe dire?, si chiederebbero Riccardo e quelli della sua compagnia.

Me lo chiedo io.

Me lo sono chiesta subito, appena l'ho conosciuto.

«Devo fare pupù» è stata la prima cosa che ci ha detto, quando ha incrociato me e Fabiano nei corridoi degli studi di "Testa o Cuore", dove quella sera avrebbe dovuto girare una puntata con noi e interpretare se stesso.

«Cosa?» ha chiesto Fabiano, allargando gli occhi già grandi che ha, in un modo che conoscevo bene: non era ancora fidanzato con Enrico e s'innamorava sette volte al giorno. Una era evidentemente questa.

«Pupù. Shit. 'A mmerd'» ha ribadito Anthony. E, come se non bastasse, si è messo una mano sulla pancia e ha piegato le gambe.

Fabiano ha preso a ridere, anche solo perché Anthony, semplicemente esistendo, dava vita a tutto quello che lui a prescindere adorava: bellezza spudorata, allegria autentica, luminosità innata.

A me veniva da vomitare, anche solo perché Anthony, semplicemente esistendo, dava vita a tutto quello che io a prescindere detestavo: volgarità facile, esibizionismo, fiducia chiara e incondizionata nelle cose di questo mondo.

Era uno che per il Paese degli Artisti non avrebbe potuto mai avere neanche il visto d'ingresso, insomma.

Ma Fabiano rideva, e lui gli è andato dietro.

«Why ridi?» chiedeva uno.

«E tu, perché?» chiedeva l'altro.

E continuavano, come due scemi.

Proprio due scemi sembravano.

Da doversi appoggiare al muro del corridoio dalle risate.

Finché era naturale forse.

O forse no.

Che prendessi a ridere pure io.

Comunque l'ho fatto.

«Siete il Lui e la Lei, wow...» ci ha detto al bar degli studi, più tardi, soddisfatti i suoi bisogni. «Tea Fidelibus and Fabiano Lombardo! Sorry, ma io nun teng il tempo di vedere nella tivvù.»

«Sei troppo impegnato a farla...» Fabiano continuava a provarci, senza ritegno.

Tanto che: «Are you gay?» gli ha chiesto Anthony.

Così. Proprio.

«Sì» ha abbassato la voce Fabiano. "Testa o Cuore" aveva appena vinto il premio per la migliore serie televisiva dell'anno, il personaggio di Lui era stato indicato da "Glamour" come il vero prototipo moderno dell'uomo da sposare e la produzione lo aveva pregato di evitare qualsiasi forma di coming out, per il momento.

«Wonderful. Io no.»

«Ah.»

«E ce lo sai mantenere un secreto?»

«Certo.»

Fabiano reggeva bene le delusioni, grazie agli altri sei innamoramenti giornalieri che teneva come scorta. Anthony gli si è avvicinato a un orecchio, per poi però scandire bene, perché lo sentissi non solo io, ma tutto il bar: «Da quando ho incontrato voi, sento una voglia grande di fare bacio con Tea. È così belisima. C'è l'aria inteligenta, too».

Il barista ha guardato me che ho guardato Fabiano che guardava Anthony.

Che guardava me.

«Ti va di fare bacio?»

«Ma sono una donna sposata!» Fra tante cose da dire, mi è venuta quella. Anch'io l'ho scandita per bene, perché mi sentissero tutti.

«E l'anello?»

«L'anello?»

Ha indicato l'anulare della mano sinistra, sempre con quel suo gesticolare eccessivo, quell'energia di troppo.

«Ah... la fede. Mio marito e io siamo una coppia particolare.»

«Sì: così particolare da non essere forse più nemmeno una coppia» ha dovuto aggiungere Fabiano, che non ha mai perso l'occasione per esprimere il suo dissenso verso Riccardo.

Per fortuna Anthony non ha capito, almeno così mi è sembrato.

Ed è finita lì.

Siamo andati tutti e tre al trucco, io mi sono sfogata con Natalia.

«Ma ti rendi conto? Chi si crede di essere?»

«Il fico che è» ha risposto lei, placida.

Abbiamo cominciato a girare.

E sarà che era l'ultima puntata prima delle vacanze di Natale, sarà che poi ci avrebbe aspettato una festa di produzione, sarà che Fabiano era davvero ispirato dalle braccia a fuso di Anthony, sarà che Anthony era davvero ispirato, in generale.

Ma ci siamo proprio divertiti.

Da non farcela a smettere di ridere, ancora.

Quella mattina con Riccardo era andata particolarmente male.

Da un paio di mesi aveva ricominciato a scrivere: l'università gli aveva commissionato un ciclo di lezioni sul percorso creativo dei grandi capolavori del teatro classico e contemporaneo, da *Sogno di una notte di mezza estate* a *Casa di bambola*.

«L'idea non è brutta» avevo commentato io.

«La lista dei testi è tremenda: cazzate borghesi per studenti superficiali.» Lui.

«Ma potresti prendere i testi che ami tu. Artaud, Beckett. E scrivere delle lezioni a forma di monologo, portarle in giro, non so se mi spiego... magari sto dicendo un'idiozia delle mie. Però nessuno parla come te degli autori che gli piacciono. Nessuno me li ha spiegati come hai saputo fare tu. E allora: credi di avere perso l'ispirazione? Racconta la loro!»

«Io non sono un attore, Wendy.»

«Ma sei di più! Sei il professore più professore in un senso e meno professore nell'altro che c'è. Nessuno sa le cose che sai tu e, se le sa, è troppo palloso per farle luccicare. Anzi: suonare.»

«Io avevo aspirazioni ben diverse da trascinare su un palco le mie lezioni.»

«Se non sai uscire da un tunnel arredalo.»

«Questa dove l'hai presa, da uno dei tuoi copioni?»

Ma sorrideva: era il suo modo per dirmi grazie.

Si era messo a lavorare subito, di pomeriggio si dedicava alle lezioni per l'università e di notte scriveva quelle che avrebbe portato in scena.

Per qualche giorno tutto era sembrato possibile e facile a casa nostra.

Persino volersi bene senza farsi troppo male.

Andavo a lavorare, lui lavorava in casa, la sera mi leggeva le pagine che aveva scritto, con gli occhi che ricominciavano ad accendersi, io m'accendevo con loro.

Poi quella mattina di metà dicembre, prima che uscissi per andare sul set, mentre mi lavavo i denti, me lo sono ritrovato in bagno.

«Wendy.»

«Oddio bamore. Che succede?»

«Sono proprio un fallito. Guardami: sognavo di essere Beckett. E mi ritrovo a spiegarlo.»

«Non è così.»

«È così.»

«Senti, io ora devo andare. Mi raggiungi alla festa di Natale della produzione, dopo le riprese?»

«Figurati. Ci manca solo che venga a mischiarmi con quella gente, così poi mi suicido direttamente.»

«Sono le persone con cui lavoro tutti i giorni.»

«Un tempo non avresti mai preferito la compagnia di quattro televisivi alla mia. Nemmeno alla mia depressione, l'avresti preferita. Tic tac: Wendy sta crescendo. Non ne può più, oramai, di Peter Pan. Tic tac tic tac. Il tempo passa, caro Riccardo.» E faceva il segno della lancetta, con un dito.

Ho provato a ignorarlo: «Chiama Claire, almeno. Vai a mangiare qualcosa con lei».

«Ecco un'altra persona che ho deluso: Claire. Wendy, io avevo tutto. Tutto. Ora non ho niente. Niente.» E si è accucciato per terra, fra il water e il bidè.

Quella: è stata la prima volta di tante.

Di tutte.

Non lo sapevo, di sapere urlare così forte. Non lo sapevo di avere tutta quella rabbia, dentro. O forse quel dolore.

«Hai me, Riccardo! Me, me, me, me, me!» ho cominciato a strillare. E a ogni "me" prendevo una cosa dalle mensole del bagno, una spazzola, il deodorante, la crema per il viso, e la lanciavo per terra, sulla parete, contro lo specchio.

Che si è rotto.

Siamo rimasti fermi. Lui per terra, muto. Gli sono scivolata accanto. Ho cominciato a piangere.

«Il tuo narcisismo è insopportabile» ha detto, senza toni nella voce.

E per tutto il giorno mi era rimasto dentro lo schianto che può fare una porta di casa, se te la sbatti alle spalle come avevo fatto io, uscendo.

Ma all'improvviso ecco che, mentre registravamo la puntata, quello schianto se n'era andato via.

Anche lo specchio rotto.

Scomparsi.

«Tea, ti prego, smettila di ridere, sennò facciamo l'alba!» mi ha implorato la regista, a un certo punto.

«Ma Anthony fa quella faccia!»

«Quale faccia?» chiedeva Anthony. E nel frattempo la faceva.

«Quella!»

«Tea, senti: pensa a qualcosa di triste, così giriamo sta scena e possiamo mangiare tutti il nostro meritato panettone. Ok?»

«Ok.»

«Allora ciak, si gira. Vai.»

Era la quinta volta che ci provavamo.

Dovevo solo entrare in cucina, trovare la torta gigante che Anthony aveva preparato per Lei e per Lui sul tavolo e urlare: "Tesoro, Anthony ci ha abbandonati!". Fabiano a quel punto doveva correre da me e leggere a voce alta il biglietto che Anthony aveva lasciato con la torta. Fine.

Ma appena entravo in cucina e guardavo Anthony, vicino alla regista, mi veniva da ridere, per non ridere cominciavo a tossire e non riuscivo a pronunciare la mia battuta. Anthony aveva provato a nascondersi: ma niente. Comunque pensavo alla sua faccia e ridevo. Ridevo, ridevo. Oppure tossivo.

Ora la regista mi aveva dato un'indicazione precisa, però: pensa a qualcosa di triste.

Così, mentre entravo in cucina, mi era tornato dentro lo schianto della porta.

E ho pronunciato, perfetta, la battuta: «Tesoro, Anthony ci ha abbandonati!». Fabiano è corso da me, ha letto il biglietto, e oplà.

La puntata finalmente era chiusa.

Sono arrivati i panettoni, i tramezzini, le bottiglie di spumante.

Il set della casa di Lui e Lei è stato invaso dal resto della produzione.

Ma ormai m'era tornato lo schianto, e in testa e nel cuore.

Fabiano parlava, parlava, e io non lo ascoltavo.

Parlava Natalia, parlava la regista: non le ascoltavo.

Continuavo a chiamare Riccardo, ma aveva sempre il cellulare staccato, e al telefono di casa non rispondeva.

Finché: «Tutto ok?» mi ha chiesto Anthony.

E: «No, niente ok» gli ho risposto.

Allora: «Ti fidi di me?». Lui.

«Certo che no.» Io.

«Fidati di me.» Lui.

Mi ha preso la mano e mi ha portata fuori dagli studi.
Faceva freddo, freddissimo.
«Tu wait ccà» ha detto.
«Ma si gela!»
«Perfecto. Così stop col pensiero. Se passi il problem dalla capa al body, dal sistema simpatico al parasimpatico, il problem se ne va. Fidati di me.»
È andato a prendere le nostre giacche, i cappelli e le sciarpe, e io sono rimasta lì, impalata di fronte agli studi, sola, con i brividi del mio sistema parasimpatico.
Poi una Smart giallo canarino mi si è fermata davanti. Era lui.
«Come on.»
Più di un anno: incredibile.
Sembra ieri, sembra oggi, sembra mai.
Abbiamo cominciato a perderci per Roma.
«Dove andiamo?»
«A vedere le luci del Christmas. Belisime, no?»
Erano bellissime: sì.
Ci facevo caso per la prima volta.
Ballavano fuori dal finestrino fosforescenti, rosse, verdi, rosa, formavano archi, slitte, stelle e sembravano promettere: tutto può andare bene.
Tutto va già bene.
«Sei tu belisima» e «I love Christmas» non smetteva di ripetere Anthony.
Poi rimaneva in silenzio, faceva quella faccia, io ridevo, gli dicevo smettila, di fare cosa?, diceva lui, quella faccia dicevo io, e lui ancora la faceva.
Allora: «I love Christmas» o: «Sei tu belisima» ripeteva.
[illegible]o chiesto io, alla fine. Saranno state le quattro di mattina, aveva parcheggiato ai piedi dell'albero di Natale gigante di fronte all'Altare della Patria, per fotografarlo dal basso all'alto, col cellulare.
«Insomma? Facciamo bacio?» gli ho chiesto.
Lui mi ha tirata per la sciarpa, verso di sé, e mi ha dato un ba-

cio che non sembrava per niente un primo bacio: c'era già una specie d'intimità, come se dentro di sé mi stesse baciando da ore, da quando mi aveva incontrata nei corridoi.

Non abbiamo più smesso. Con la lingua, senza lingua, sul naso, per tutta la fronte, il collo. Baciavo quella faccia assurda e lui baciava la mia, baciavo quelle braccia a fuso e lui baciava le mie, baciavo la sua passione matta per quell'albero gigante che io trovavo orribile, la sua fiducia incondizionata nelle luci, nel Natale, la luce di Natale più belisima sei tu, diceva lui, no sei tu, dicevo io. E lo baciavo.

E mi spogliava, piano. O forse veloce.

E m'è successa quella cosa al cuore.

A casa ho trovato Riccardo che russava sul divano.

Si è svegliato verso mezzogiorno.

«Ieri ti ho chiamato per tutta la sera.»

«Avevo il cellulare staccato.»

«Me ne sono accorta.»

«Devi fare riparare lo specchio.»

«Certo. Ma dunque?»

«Che?»

«Dov'eri, stanotte?»

«Ero al cinema con Claire. La tua smania di controllo sta diventando insopportabile, Wendy.»

Lo chiama controllo, io lo chiamo amore.

Chiamo il suo disinteresse nei miei confronti disinteresse nei miei confronti, lui lo chiama bamore.

Non so chi abbia ragione.

Ma anche grazie alle domande che Riccardo non mi ha mai fatto (dov'eri stanotte?, con chi?, perché avevi il cellulare staccato?), anche per colpa delle domande che non mi farà mai, Anthony è entrato nella mia vita.

Senza accorgersene, senza che me ne accorgessi io.

«Finirà, prima o poi» dicevo a Fabiano, dopo le prime notti con Anthony, quando veniva a prendermi fuori dagli studi televisivi e facevamo l'amore in macchina, perché non potevamo aspettare, poi a casa sua, perché non ci poteva bastare. «È solo una roba fisica, sessuale. Lui e io non abbiamo niente in comune.»

A parte quella cosa che mi prende al cuore quando Anthony viene: ma questo non l'ho mai confidato neanche a Fabiano, che è l'unico a sapere tutto.

«Finirà, prima o poi.» Lo dico ancora, mentre è passato più di un anno. E il cuore ancora mi viene. Fabiano ancora è l'unico a sapere tutto, tranne questo.

Non posso permettere che la mia relazione, o quello che è, con Anthony arrivi a Riccardo: lo ucciderebbe.

«Fatti un amante, fatti mille amanti» mi risponde, ogni volta che gli chiedo di fermarci, guardarci negli occhi, chiedermi come sto, veramente, dirmi come veramente sta. «Io tanto la mia Wendy non la lascerò mai: Peter Pan conosce anche Giglio Tigrato, si diverte con Campanellino. Ma Wendy è Wendy, lui sarà senza cuore ma mica è cretino, lo sa. E poi, diciamocelo, ormai chi mi si prenderebbe, vecchio, grasso e fallito come sono ridotto? Insomma, l'importante è che non mi coinvolgi nelle tue turbe, piccola. Che non mi obblighi a riflettere insieme sui nostri problemi. Le coppie che riflettono sono già morte, e non lo sanno.»

Non ha davvero difese, lui, contro la realtà, chiede solo di venirne esentato.

Devo metterlo in salvo.

Da questa malattia che mi è presa e che non passa, non passa, non passa.

Dalla mia smania, dalla sua impotenza, dalla nostra crisi.

Devo vedermela da sola. Devo risolverla io, se voglio salvare il nostro matrimonio, se voglio che Peter e Wendy rimangano per sempre insieme sull'Isola Che Non C'è: e certo che lo voglio.

Certo che voglio continuare ad abitare nel Paese Degli Artisti, ci ho messo tanto per raggiungerlo, non sarà un fatto di cronaca – come questa roba felice e malefica che, più non capisco, più mi lega ad Anthony – a cambiare l'unica storia che fin da quando ero piccola sogno per me.

Fuori dal Paese degli Artisti ci sono i pranzi della domenica, non me lo dimentico mai, ci sono i silenzi delle madri, le pretese dei padri, c'è il dominio incontrastato delle cose di questo mondo.

Cose che a me trasformano il sangue in colla.

Cose che mi fanno schifo.

Paura.

Cose che mi spingono a rubare portafogli, a collezionare uomini, a dare il peggio di me, per fare a gara con la realtà.

No, no. No: io non posso che restare nel Paese Degli Artisti.

Galleggiare nell'aria, sull'Isola Che Non C'è.

Non posso che abitare in posti così.

Lo so.

Lo so con la stessa, identica forza che mi servirebbe per resistere ad Anthony.

Che però non trovo.

E allora almeno devo averla, un po' di forza, per proteggere da tutto questo il mio Paese, la mia Isola: me.

Noi.

Ora che Riccardo finalmente ha cominciato a portare in scena i monologhi al teatro Valle, poi, proprio non gli ci vuole la notizia di sua moglie e quell'imbecille in tutina aderente a letto insieme.

Esattamente così l'ha definito, una sera. È tornato a casa e mi ha trovata a vedere una puntata di "Beauty Fark". Ha dato un'occhiata distratta e: «Che imbecille» ha detto.

Senza immaginare che solo la sera prima io ero a Napoli, con quell'imbecille, a fare una sorpresa a sua nonna, che vive per "Testa o Cuore".

Senza immaginare che quel fine settimana non sarei partita per Tunisi con Fabiano, come gli avevo detto, ma sarei partita con quell'imbecille, perché per festeggiare il suo compleanno aveva fatto lui un regalo a me e mi ero ritrovata nell'agenda due biglietti aerei, il voucher di un albergo con le amache, il bagno turco in camera, la piscina.

Che non l'ho mai portato a casa nostra, l'imbecille, solo perché è lui che non vuole: perché se nu' juorno entrerò lì, sarà forever, dice.

«Io ti amo vero, Tea.» Questo lo ripete sempre.

Quasi quanto: «Fidati di me».

Mai quanto: «Il mio sogno è io, è te, una station wagon, due piccirilli e un cagno».

Fatto sta che ieri, per farmi venire a prendere a casa, ho dovuto implorarlo.

Il mio motorino non partiva, c'era uno sciopero dei mezzi pubblici, Riccardo sarebbe stato al Valle tutto il pomeriggio e l'unica soluzione per vederci era quella.

«No sotto casa tua» ha stabilito, comunque. «Vediamo noi sotto al market.»

E così abbiamo fatto.

Ma quando stavo per salire sulla Smart, ho visto arrivare dal fondo del marciapiede la signora Cunningham, col piccolo Gustavo in triciclo.

«Anthony!» ho starnazzato: con lui mi capita. Divento orrendamente femmina, capricciosa, viziata. «Anthony, c'è la signora Cunningham! Sicuramente viene al supermercato, parcheggia dai, facciamo la spesa qui, così la vedi!»

Gli ho parlato tanto della signora Cunningham.

Gli parlo di parecchie cose, a dire la verità. Di tutte quelle che Riccardo è troppo concentrato su di sé per prendere in considerazione.

Le mie perplessità sul metodo della regista di "Testa o Cuore", i litigi di Fabiano, prima con se stesso ora con Enrico, la pancia che mi si gonfia due giorni prima che vengano le mestruazioni.

Non ho mai ascoltato nessuno ascoltare come ascolta Anthony.

Certo, mi dico, lo fa perché non ha mai niente di così interessante da dire.

Certo.

Sono proprio loro: le stupide, inutili, bugiarde cose di questo mondo, che lui sa ascoltare.

Gli chiedessi di che colore è secondo te il retro del cielo?, lui mi risponderebbe io che ne so, non ci sono mai stato.

E io mica ce l'ho con lui perché sa ascoltare solo le altre cose, quelle pericolose: ce l'ho con me perché all'improvviso ne parlo, non so più farne completamente a meno.

Comunque.

Parcheggia la Smart, non si preoccupa nemmeno di infilare le monetine nel tassametro, si precipita dritto nel supermercato, come se realizzare il mio desiderio e vedere la signora Cunningham ormai sia l'unico fatto che conti nella sua vita.

Mentre aspettiamo che lei arrivi, giriamo per gli scompartimenti.

Anthony va pazzo per i supermercati e il mio può dargli davvero soddisfazione: non è enorme, ma ha un reparto per i prodotti biologici, uno per quelli dei bambini, accortezze per i clienti e offerte speciali che a me sembrano ricatti, tifoserie silenziose e violente di tutti i pranzi della domenica, in famiglia, nel mondo.

Per Anthony invece sono reparti per i prodotti biologici, per i bambini, accortezze per i clienti e offerte. Speciali.

Si ferma al reparto di frutta e verdura, lo studia.

Ed ecco la signora Cunningham.

Comincia a girare pure lei, apparentemente vaga eppure presentissima a se stessa e a tutti, a tutto, come sempre.

Gustavo abbandona il triciclo in mezzo a una corsia, si aggrappa al carrello della madre e ci vuole entrare dentro.

«Gu, guarda che se non stai attento al triciclo, l'omino dei formaggini te lo ruba» dice lei, come se davvero fosse la prima a essere spaventata, da quest'omino dei formaggini.

Gustavo si precipita verso il triciclo, e lei torna alla sua spesa.

Anthony un po' la scruta mentre fa lo slalom, calma e dolce e bionda, fra i corridoi del supermercato, un po' insiste perché almeno stasera io mangi un piatto di pasta.

Fa ingrassare molto meno della tua birra velenosa, è il suo leitmotiv.

Mi faccio convincere, prende tutto il necessario per una pasta alle verdure, ci avviciniamo alla cassa in fondo a destra, la signora Cunningham è come per magia lì: dietro di noi. Calma e dolce e bionda. Ha con sé una confezione di acqua minerale. E Gustavo, sul suo triciclo.

«La fantasiavo proprio accussì» dice Anthony, in macchina.

Ma sembra deluso.

«Che c'è?» gli domando.

«C'è che ok, Miss Cunningham» fa lui. «But the famous Miss Cunningham's dinner? La sua spesa meravillosa? Only mineral water?»

Anthony. Anthony, Anthony.

Con quanto ardore riflette sulle sciocchezze che gli racconto.

Sono tutto quello che ha, mentre non passo il tempo con lui e lo passo con Riccardo: penso. E non so se mi sento più ingiusta con l'uno o con l'altro. Comunque mi faccio schifo.

Paura.

«Chissà», gli accarezzo il braccio, lo bacio fra il collo e l'orecchio. «Forse anche la signora Cunningham guarda un certo programma dove un certo imbecille consiglia di bere almeno tre litri di acqua al giorno...»

«Però quest'imbecille ha un pisello belisimo, no?»

«Che cosa c'entra adesso!», scuoto la testa, gli do un piccolo pugno sulla spalla.

Ma mi viene da ridere.

Anche ora, mentre sul suo terrazzino Anthony accende questa candela al muschio bianco che ha insistito per comprare al reparto casalinghi.

Lo odio, perché non si può essere così ostinatamente romantici, così convinti che possa fare la differenza, in una cena, accendere una candela profumata o non accenderla.

Lo odio.

Come ancora più di tutti i reparti, odio quello lì.

Casalinghi.

Proprio la parola, mi fa schifo.

Paura.

Ma?

Ma mi viene da ridere.

6 LATTINE DI HEINEKEN
1 CONFEZIONE DI CAROTE
3 MELE
1 BABY-SHAMPOO PER I CAPELLI RICCI
1 TUBETTO DI LATTE CONCENTRATO ZUCCHERATO
1 CONFEZIONE DI FERRERO ROCHER
1 VASETTO DI MAIONESE

Almeno morirò da persona che la sua vita la viveva davvero, non si faceva vivere.

Ha detto Rachele.

Poi ha aggiunto quelle porcherie.

Ti vorrei leccare tutta, vorrei farti venire: ma questi sono problemi suoi, poveretta.

Ha anche detto vorrei farti felice, però.

Portarti a ballare.

Farti il solletico.

Oggi a Tea Fidelibus sembrava proprio che glielo facesse una mano invisibile, il solletico.

Era tutta elettrica e muoveva le labbra, come parlasse da sola: stava imparando a memoria la sua parte per "Testa o Cuore", chiaramente.

Da quant'era distratta ha anche comprato uno shampoo per bambini e per di più per capelli ricci, lei che ce li ha dritti e fermi come questi spaghetti.

«Mamma, ho fame.»

«Viola, l'acqua deve ancora bollire.»

«Ma io ho fame.»

«Porta pazienza: ne vale la pena. C'è il pescetto che piace a te, stasera.» La tiro verso di me e la bacio, la mia piccola principessa capricciosa.

«Aiuto, che fai?»
«Tesoro! È solo un po' di solletico.»
«Guarda che non sono più piccola come Gustavo. Il solletico non mi fa nessun effetto da un sacchissimo di tempo. Pure in classe, l'altro giorno, uno me l'ha fatto. Ma io niente. Sono stata brava, eh?»
Gli occhi da gattina le brillano, è fiera di sé.
«Bravissima, tesoro.»
«Solo le sceme ridono se un maschio ti fa il solletico.»
«Solo le sceme.»
«Vero, mamma?»
«...»
«Mamma?»
«...»
«Mamma!»

1 chilo di spaghetti Voiello
2 seppie fresche
8 zucchine romane
3 etti di gamberi
mezzo litro di concentrato di pomodoro
6 etti di cozze
1 confezione di pomodorini primavera
1 dopobarba
3 etti di filetto di cernia

«Provi a fare dialogare le due parti di sé in conflitto fra loro» mi ha consigliato lo psichiatra a cui mi sono rivolta per questa terribile insonnia che da quando Anthony è arrivato nella mia vita non mi abbandona mai, mai.

Mai.

Che io dorma con Anthony e pensi a Riccardo.

Che io dorma senza Riccardo – di là, sul divano – e pensi ad Anthony.

«Posso darle un sonnifero, certo. Ma deve assolutamente tentare una riconciliazione fra questi due sé.»

«Non è possibile: è come se io fossi proprio due persone diverse, mi capisce? Che non hanno niente in comune.»

«Ne è così certa? Faccia così: dia un nome alla parte di sé che la lega a suo marito e ne dia un altro alla parte che la lega a quest'uomo. Poi le metta in relazione. Le faccia parlare. Convinca ognuna delle due che l'altra non è una nemica. È semplicemente un'istanza con cui fare i conti.»

Ci provo.

Uno, due e tre.

Uno, due e me.

Per quanto riguarda i nomi non è difficile: Wendy è la mia parte legata a Riccardo. L'altra, legata ad Anthony, posso chiamarla Tea, banalmente. Appunto: in questo "banalmente" ci sarebbe già tutta l'impossibilità di ascoltarla davvero e fino in fondo, quella parte.

Ma torno a casa, mi sdraio per terra, guardo il soffitto, comincio.

«Ciao, mi chiamo Wendy» dico.

«Ciao, io mi chiamo Tea» rispondo.

«Sono sposata con l'amore della mia vita, Riccardo. È un regista teatrale: l'uomo più straordinario che abbia mai conosciuto. Sa tutto, e prima di conoscerlo io non ero niente. Non sapevo neanche che cosa fare nella vita. Poi è arrivato lui e me l'ha indicato: gli sembrava evidente. Fin da quando ero piccola sognavo di avere accanto una persona così. Uno con cui si può discutere sul colore del retro del cielo, capisci?»

«Bah. Mica tanto. Io sono fidanzata con un personal trainer americano, si chiama Anthony. È bellissimo, con una testa piena di riccioli, le braccia a fuso. A letto è un dio.»

«E?»

«E cosa?»

«Tutto qui? Stai con un uomo solo perché ci fai bene l'amore?»

«Mi sembra una cosa importante, no?!»

«Sarà. Io e mio marito non abbiamo rapporti da quasi due anni. Ma la nostra unione è profonda, indissolubile.»

«È vero, sentirsi protetta dal proprio uomo è fondamentale... anch'io mi sento protetta da Anthony. Non mi ero mai fidata di nessuno come mi fido di lui. Se chiudessi gli occhi e mi buttassi all'indietro avrei la certezza assoluta che lui sarebbe lì, a sostenermi. A non farmi cadere. È anche per questo che il sesso fra noi funziona. Diventiamo due pazzi, a letto, ho scoperto cose di me che non avrei mai immaginato, per esempio, non so, che mi piace farmi legare i polsi e le caviglie... non si può dire che avessi avuto pochi uomini, prima di lui. Eppure da quel punto di vista Anthony li ha cancellati, completamente: facciamo davvero di tutto, non abbiamo limiti, ma proprio perché fuori dalla camera da letto siamo... amici, ecco. Siamo amici.»

«No, no, no Tea! Non hai capito. O forse non mi sono spiegata: io non mi sento affatto protetta da Riccardo. Anzi! Il mio amore per lui mi espone continuamente al vento. Di me stessa, delle mie insicurezze più profonde, dell'esistenza. Non mi sono fidata di lui un solo istante, da quando lo conosco. Dice bugie su bugie su bugie, agli altri e a se stesso. Pensa che, dopo tutto questo tempo, ancora non ho mai saputo perché si sia lasciato con Claire, la sua ex, o perché non parli con i genitori da quasi vent'anni. Lascia sempre, sempre un pezzo di sé fuori dalla nostra relazione. Sempre. Ma non lo sa nemmeno lui che cosa davvero gli passa per la testa.»

«Oddio, è terribile! Che angoscia. E perché stai con un tipo del genere?»

«Perché? Come sarebbe: perché? E il valore del mistero? Dove lo metti? Per me stare con Riccardo è uno stimolo, una ricerca continua.»

«Allora comprati un tapis roulant e supera ogni giorno il tuo record.»

«Che vuoi dire?»

«Che l'amore non è una sfida, all'altro o a noi stessi. È stare bene con una persona.»

«E una volta che ci stai bene? Come lo occupi il tempo che rimane, il vuoto che fa? Non ti viene la tentazione di distruggere quello che hai costruito? Non viene la tentazione a tutti di farlo? Guardati in giro, Tea! Guarda le famiglie: guarda la loro disperazione. Ascolta i loro silenzi. Il rumore sordo delle loro pretese. Delle loro rinunce.»

«È vero, in giro c'è tanta infelicità. Ma Anthony è certo che fra noi potrà essere diverso.»

«Tutti credono di essere diversi, un istante prima di diventare identici agli altri.»

Si è fatto tardi, devo scendere al supermercato: continuo.

«Dicevi, Wendy?»

«Che mettere su una famiglia con un uomo è una follia.»

«Tu non consideri una famiglia te e tuo marito?»

«Assolutamente no. Io sono fuggita, dall'incubo di una famiglia. E così ho incontrato Riccardo: siamo dei disertori, noi due. E insieme ci diamo la forza per continuare a esserlo.»

«Davvero? Lui ti dà forza?»

«La prende da me, ma fa lo stesso. Perché, mentre la prende, me la restituisce. Mi dà un senso: capisci, Tea? Riccardo è talmente inerme, rispetto alla realtà... perfino più inerme di me. E in quella inermità io trovo una promessa d'innocenza, un riparo dal pericolo che mi è sempre sembrato il mondo. Una capanna. Un'isola. Fosse solo per questo, io non lo lascerò mai. Sarebbe come abbandonare un neonato in un cassonetto dell'immondizia, abbandonare Riccardo a se stesso. Anzi, ti dirò di più. Sarebbe come abbandonare la neonata che è in me. Che è in ognuno di noi.»

«Mmh. Sicura che tu sia fuggita e non ti sia solo nascosta?»

«Da cosa, dall'incubo di una famiglia? Certo che sono sicura.»

«Dalla vita, Wendy. Sono d'accordo con te, l'amore può finire, le famiglie possono disintegrarsi o, peggio ancora, marcire. Ma hai talmente tanta paura di soffrire da non provarci nemmeno, a essere un po' felice?»

«E tu hai talmente tanta paura dell'amore da non provarci nemmeno, a soffrire un po'?»

«Guarda che io sono innamorata. Non hai idea di che cosa mi succeda al cuore, quando Anthony viene. Nessuno mi ha mai fatta sentire tanto speciale.»

«Però non credi che lui lo sia! Sii sincera, Tea. Riccardo mi mortifica di continuo, quello che proprio non sopporta di me sono le mie qualità, figurati. È uno che ha il conscio al posto dell'inconscio, è convinto di essersi innamorato delle mie debolezze, del mio smarrimento, non di tutto il resto: ce l'ho ben chiaro. Ma chi se ne frega di sentirmi speciale. Preferisco stare, con un uomo speciale.»

«Strano.»

«Che?»

«Che non t'interessi sentirti speciale. Mi pare che invece, a stare con un uomo così, tu non debba rendere conto a nessuno dei tuoi difetti. È talmente sbagliato che farebbe sentire giusta qualunque donna.»

«Sei tu che lo consideri sbagliato. Io, ti ripeto, l'avrei disegnato così fin da quando ero bambina, l'uomo con cui condividere la vita.»

«Condividere la vita? Ah, sì? E non ti capita mai, certe notti, di sentirti sola? E ancora più sola perché Riccardo è lì con te?»

«Siamo tutti soli. Bisogna accettarlo.»

«Mi pare che però tu non lo accetti tanto facilmente, se telefoni in continuazione a Fabiano, senza peraltro mai preoccuparti di come stia lui...»

«Che vuoi dire?»

«Che non rinunci affatto al bene e all'attenzione che tuo marito non sa darti: li cerchi altrove. Li pretendi, altrove.»

«L'altrove è la nostra unica reale possibilità di casa.»

«Non per la signora Cunningham. Guardala, come sceglie le sue seppie, al banco del pesce. Guardala, come s'impegna a fare la spesa per il marito, per i bambini. Guardala, come si cura di loro. E chissà loro come si curano di lei. Ti sembra una donna costretta a cercare la possibilità di una casa altrove, rispetto alla sua? Ti sembra sola?»

«No, non mi sembra sola. Ma è diversa da me.»

«In che senso?»

«Nel senso che io ho un passato particolare. Sai, Tea, prima d'incontrare Riccardo stavo per finire dritta in una clinica psichiatrica. Avevo un mostro, dentro, che mi portava a fare solo cose sbagliate.»

«Così il mostro, anziché avercelo dentro, te lo sei messa accanto? Hai semplicemente dato a un'altra persona la responsabilità di rovinarti la vita, dunque.»

«È già un passo avanti. Fidati.»

«Ma non sei più la ragazzina disperata che eri, Wendy! Sei cresciuta.»

«Non è vero.»

«Sì che è vero. Se non fossi cresciuta non potresti mica sentirla, la mia voce.»

«Io non crescerò mai. L'ho promesso a Riccardo.»

«Questo non c'entra più niente con l'amore, però. È una dipendenza.»

«Quanto ti inganni, Tea. Proprio se un amore è autentico comporta dipendenza, per sua stessa natura. Che fai?»

«Compro delle carote e delle mele. Anthony dice sempre che a mangiare sano si vive sano.»

«Così dice Anthony? E allora ecco: guarda un po' che cosa mi prendo io.»

«Ma sei impazzita? Il latte concentrato è veleno! E poi i Ferrero Rocher: per cena?»

«Sì, Tea, sì! E ci spalmo sopra tantissima maionese. Sì, sì, sì, sì! Vivere sano? Ma lo senti quello che dici? Non si può, vivere sano. La vita è una malattia di per sé. E solo persone come Riccardo, persone impossibili, sfuggenti a prescindere e per sempre bambine possono distrarci da questa malattia.»

«Mi fai paura, Wendy.»

«Mi fai schifo, Tea.»

«Il punto è che in teoria potresti avere ragione...»

«Era ora.»

«... ma è più forte di me immaginare una certa cosa.»

«Cosa?»

«Anthony e io, in una station wagon. Cantiamo vecchie canzoni napoletane. Dietro di noi, due bambini: un maschio e una femmina. Lei ha gli stessi riccioli di Anthony, però lunghissimi, soltanto con mille shampoo glieli riesco a districare, e ha gli occhi miei Lui ha il mio naso e la bocca di Anthony. Cantano con noi. E c'è un cane, anche. Un pastore tedesco, direi.»

«Figli? Ma allora sei una deviata! Su questo Riccardo e io non abbiamo neanche mai avuto bisogno di confrontarci: siamo d'accordo. La vita è una malattia, te lo ripeto. E tu? Tu vuoi prenderti la responsabilità di attaccarla a persone che possono starsene buone e comode a non esistere?»

«Ma che idea assurda, squallida e perversa della maternità è mai questa...?»

«Perché, la tua qual è?»

«Non è un'idea. È una speranza, una cosa che somiglia a una forma di fede. È l'impressione, viva e profonda, che possa succedere qualcosa di finalmente immenso, uscendo da sé, ricominciando in un altro essere umano, passando a lui il testimone del senso per cui siamo qui.»

«Ma quel senso non c'è.»

«Quel senso deve esserci.»

«Sei solo un diavolo: vuoi farmi perdere la strada di casa.»

«E se fossi un angelo che ti sta indicando la vera, strada di casa?»

«Sai che c'è, Tea? Io e te siamo la stessa persona. È inutile negarlo: questa buffonata è durata pure troppo. E tu, senza la parte di me che soffre per Riccardo, non sapresti che cosa fartene del bene che ti dà Anthony e dei sogni a forma di station wagon.»

«Dici? Ma se bastavi così tanto a te stessa, se davvero iniziavi e finivi nel tuo amore sconsiderato per Riccardo, allora perché sono spuntata fuori io, Wendy? Perché t'incanta la spesa della signora Cunningham?»

4 CIABATTE DI GRANO SARACENO
200 GRAMMI DI PROSCIUTTO CRUDO SAN DANIELE
100 GRAMMI DI BRESAOLA
4 POMODORI
1 CONFEZIONE DI SOTTILETTE
1 CONFEZIONE DI PHILADELPHIA LIGHT
1 SCATOLETTA DI TONNO SOTT'OLIO
2 LATTINE DI COCA-COLA ZERO
2 LATTINE DI HEINEKEN
4 BOTTIGLIETTE DI ACQUA NATURALE

E poi, ecco. Ecco che Michele davvero non lo capisco, quando fa così. Dio mio. Gli avevo chiesto solo di andare al cinema, mica chissà che.

«Allo spettacolo delle dieci e mezza? E domani chi si sveglia per portare Viola e Gu a scuola?»

«Era solo un'idea.»

Solo un'idea. Ma mi sembrava una bella, idea. Avremmo potuto cenare con i bambini, metterli a letto e poi andare. Ormai Viola è grande, usa il telefonino meglio di me, se Gu si fosse svegliato ci avrebbe potuto chiamare e noi saremmo corsi. Il cinema è a due passi da casa, Davide Morelli dice che c'è questo documentario che fa morire dal ridere, con un matto che sembra venuto da Marte e gira in mutande per le case degli americani.

Mi ha anche detto che, se mi va di vederlo, lui mi accompagna e lo rivede volentieri.

A me va di vederlo. Tantissimo mi va.

Verso il composto per i plum-cake di domattina negli stampini, li metto in forno, Viola compare sulla porta della cucina, è già in pigiama, ha il faccino tutto tirato dal sonno. Stella.

«Buonanotte mamma.»

«Buonanotte, tesoro mio. E Gu?»

«Sta dormendo di là sul divano, con papà.»

Striscia via, in camera sua.

Dal salotto arriva solo la voce di Anthony Fark, anche Michele si sarà addormentato, altrimenti avrebbe spento: lui detesta Fark, dice che non se ne può più di tutti questi omosessuali in incognito che spopolano in tv.

Accendo il computer, mi collego.

Anthony Fark sta spiegando il valore importantissimo che possono avere i cetrioli, nella nostra vita.

Davide Morelli è già in linea.

E? Adesso come glielo dico? Allora mi porti a vedere quel documentario? Dio mio. Non vorrei sembrare invadente. Magari non era davvero un invito, il suo. Meglio prenderla larga. Buttare lì una cosa a caso, per cominciare.

- heilà! sai che stamattina tea fidelibus al supermercato aveva un sorriso da un orecchio all'altro? era in fila al banco salumi per farsi affettare del prosciutto e della bresaola, ha preso il numeretto e ha aspettato il suo turno, sempre con quel sorriso. sembrava proprio beata, magari è incinta.

Scrivo.

1 chilo di riso superfino Arborio
mezzo chilo di Parmigiano Reggiano
1 bottiglia di Falanghina
1 busta di zafferano
1 litro di succo d'arancia
150 grammi di robiola
1 bustina di uvetta
4 uova
1 chilo di zucchero
1 panetto di burro da 250 grammi

E poi, ecco. All'improvviso, come un arcobaleno, Riccardo si è alzato dal suo divano e si è infilato nel nostro letto.

Era quasi l'alba.

Naturalmente ancora non avevo preso sonno, o forse già ero sveglia, al solito.

E lui mi ha stretta a sé.

«È il tuo giorno libero oggi, vero Wendy?» mi ha chiesto.

«Sì.»

«Facciamo qualcosa di magico? Un'avventura delle nostre? Ci prepariamo dei panini e andiamo, che ne so?, da qualche parte» ha masticato.

Poi ha preso a russare, aggrappato a me come uno zaino.

Un'avventura delle nostre.

Oddio.

Lo dicevamo sempre, all'inizio, quando non c'erano sveglie da puntare per andare sul set, non c'era una casa da chiamare nostra, non c'erano bollette, non c'era un foglio che ci dichiarasse marito e moglie, non c'era ancora niente d'importante fra noi: eppure c'era tutto. Un *Peter Pan* da mettere in scena, una ragazzina cleptomane che era terrorizzata della vita, un uomo che dalla vita era in convalescenza. Due persone alla ricerca, o forse alla deriva. Due animaletti spaventati.

«Avventura?» chiedeva uno, all'altra.

E ci inventavamo una cosa. Andavamo al luna park, a notte inoltrata, scavalcavamo i cancelli e ci accucciavamo in un vagone del trenino dei nani di Biancaneve. Mi insegnava a dipingere con gli acquarelli. Gli insegnavo a toccarsi il naso con la lingua. Imparavamo insieme a chiudere gli occhi, puntare un dito sul mappamondo: e partire. Io ci mettevo la voglia pazza di andare via, via dai problemi della sua compagnia, dai miei sospetti, i suoi timori, i miei timori, i suoi sospetti: via. E lui ci metteva la capacità magica di rivelarmi segreti, significati nuovi, nuovi dove, nuovi come, nuovi perché.

Compravamo due bici: arrivavamo al mare. Solo per poi tornare indietro.

Parlavamo, sempre di cose che non portavano da nessuna parte: e anche così ci sembrava di andare lontanissimo.

«Ci pensi mai al retro del cielo?»

Sì: Riccardo ci pensava.

«Ci pensi mai a come sarebbero gli esseri umani se avessero i denti al posto dei capelli e i capelli al posto dei denti?»

Sì: io ci pensavo.

E ci penso ancora. Nonostante l'odore buono della pelle di Anthony, il profumo delle candele al muschio bianco, dei risotti della signora Cunningham, nonostante la puzza che fa un matrimonio, se rischia di andare a male.

Io ci penso ancora.

Gli accarezzo il braccio, piano. Ha la pancia che continua a gonfiarsi, la barba tagliata male. E? E a me sembra stupendo, come il primo giorno in cui l'ho visto all'università, di più. Il suo lasciarsi vivere, o forse morire, come se fra i due obiettivi non ci fosse nessuna differenza, è sbagliato, lo so. Ma ci rende simili. Io fra le cose di questo mondo mi agito, come una mosca in trappola: lui ci affonda. Il sospetto nei confronti della realtà però è lo stesso. È la stessa, l'incapacità profonda di farcela andare bene così. La paura. Lo schifo. La speranza nel rischio di un'isola.

«La mia Wendy» fa, nel sonno.

E per un attimo capisco: so. Tutto. Perché non lo abbandonerò mai, perché non potrei mai desiderare di vivere una vera storia d'amore: ho la nostra favola dolcissima perché crudele, crudele perché dolcissima. Capisco, so perché non potrei mai desiderare un bambino: ho già lui; non potrei mai desiderare una bambina: ho già me.

Perché posso stare con Riccardo, solo con Riccardo.

Il mio compagno d'avventure.

Il mio animaletto spaventato.

Il bamore mio, infinito.

1 BOTTIGLIA DI PROSECCO

«Divina, Erica. Questa mousse è divina.»

«Non è difficile da fare. Bisogna solo ricordarsi di tenere bagnate in continuazione le verdure, prima di frullarle con la gelatina e il brodo.»

«Dovrai assolutamente darmi la ricetta.»

«E io ti farò da cavia?»

«Certo, mio caro. Ti ho sposato per questo.»

Il direttore generale della banca di Michele e la moglie sono simpatici. Lei fuma un po' troppo e, ogni volta che vengono a cena da noi, poi sono costretta a spruzzare del deodorante per l'ambiente e a tenere aperte tutta la notte le finestre del salotto e della cucina. Ma sono simpatici.

Da quando Michele ha ottenuto l'ultima promozione, fra la rapina, la febbre di Viola e le vacanze di Pasqua, ancora non avevamo festeggiato.

«Se aspettavamo un altro po', c'era il rischio che brindassimo alla mia pensione e a Michele che prenderà il mio posto!» ha scherzato il direttore, appena sono arrivati.

E a me è sembrato che sapesse.

Che ieri mi avesse vista fuori dal cinema.

Che fosse un rimprovero, quella battuta.

Per carità, per due volte li avevamo invitati, ma erano stati loro ad avere altri impegni.

E poi la febbre di Viola, le vacanze di Pasqua: Dio mio, sono cose che non c'entrano con quello che è successo ieri.

Non è colpa di quello che è successo ieri, insomma, se solo stasera riusciamo a festeggiare la promozione di Michele.

Eppure continua a guardarmi strano, il suo direttore.

Anche ora, mi chiede: «Posso avere un'altra striscia, ma proprio solo una striscia, di polpettone?».

E a me pare voglia dire: "Bella forza a comprarlo già pronto il polpettone, Erica. E perché? Vogliamo forse parlare del tiramisù che ci aspetta per dolce? Cavolo, tuo marito è stato promosso dirigente della sua filiale! Ha avuto un aumento di stipendio che non credo ti darà fastidio, quando si tratterà di scegliere il ristorante per la comunione di Viola o di saldare la retta della clinica privata di Eros! Potevi dunque darti un po' più da fare: l'ultima volta che siamo stati qui a cena ci avevi preparato un semifreddo ai fichi, ricordi? Ma erano altri tempi, evidentemente. Eri ancora una brava moglie. Non una che se ne va al cinema di pomeriggio con un ex compagno delle superiori e dice al marito che è uscita con le colleghe".

Magari mi sbaglio.

Sicuramente, mi sbaglio.

La moglie del direttore sta raccontando i problemi che hanno con la ristrutturazione della loro casa al mare.

Riesce a essere spiritosa anche se parla di cose spinose come le metrature e i preventivi, lei.

O almeno credo: perché il direttore e Michele sembrano divertiti.

E perché di solito succede così.

Stasera io vedo solo la sua bocca che si muove.

Ma non riesco a capire che cosa stia dicendo.

«Sei rimasta uguale a quando avevi diciott'anni!»

Sta dicendo questo?

No.

Questo l'ha detto Davide Morelli, quando ci siamo incontrati davanti al cinema.

Lui invece è completamente diverso.

Me lo ricordavo piccolino, con i capelli a caschetto, rossi, la faccia d'angelo.

Non mi sembra più tanto basso: è molto magro, questo sì. Ma la barba gli riempie il viso e poi ha questi occhi che si muovono sempre e non fanno in tempo a sembrare verdi che tornano nocciola. Chiaro.

Si è messo a parlare come una macchinetta, da subito.

Il film sarebbe cominciato dopo un quarto d'ora, aveva già preso i biglietti e allora mi ha chiesto se volevo bere un caffè.

Io di solito il caffè non lo bevo mai dopo mezzogiorno: ma gli ho detto ok.

E abbiamo ordinato due espressi.

Davide parlava, parlava, parlava.

Non ho mai sentito nessuno parlare tanto quanto parla lui. E velocissimo, poi! Da fare fatica a stargli dietro.

Però vale la pena seguirlo, dice solo cose interessanti.

E mentre facevo questa riflessione (cioè che Davide dice solo cose interessanti) l'ho sentito come esplodere: precisamente.

Il sottovuoto.

Bum.

Si è bucato.

Il sacchetto è proprio volato via: lontano.

E ho sentito, sempre precisamente, la mia testa tornare al suo posto, le mani, i polpastrelli, i pensieri.

Tutto di nuovo mio, di nuovo lì dove deve stare, tutto concentrato su Davide, per non perdersi nemmeno una parola.

Passava da un discorso all'altro, poi tornava al primo discorso, lo lasciava, tornava all'altro, ricominciava da capo.

«Ma lo sai che Fabiano Lombardo è gay?»

E fuori dal sacchetto all'improvviso mi veniva facilissimo rispondere, stare al passo, essere, come dire?, a fuoco: «Giura».

«Sì! Ho letto una sua intervista. Dice che lui e il suo fidanzato sognano di adottare un bambino. Che ne pensi, tu, dei matrimoni gay? E delle adozioni? Io per quanto riguarda i matrimoni sono assolutamente d'accordo, ci mancherebbe. Mi vuoi spiegare che cos'ha di diverso da una coppia eterosessuale, una coppia omosessuale? È assurdo che non possa godere degli stessi diritti, no? Per le adozioni però non saprei... cioè, mi chiedo se forse un bambino non abbia bisogno di una figura di riferimento femminile e di una maschile, per crescere. Certo, se quel bambino altrimenti dovesse crescere in un orfanotrofio, allora mille volte meglio che cresca con dei genitori gay. Non credi? A proposito di genitori: mia madre quando ha saputo che ti avrei vista si è emozionata. Ti saluta tanto. Dice che eri una ragazzina deliziosa: esattamente così, ha detto. Deliziosa. Sta passando un buon periodo, mia madre. Quando è morto mio padre, sei anni fa, non è stato facile per lei, ma ora si è iscritta al coro della chiesa e...»

Non si fermava nemmeno per respirare! Era un fiume in piena.

Tanto che mi è quasi dispiaciuto quando si sono spente le luci al cinema.

Il film si intitola *Borat* e Davide aveva ragione: fa morire dalle risate. Ma è anche una critica sottile alla società americana, mi ha spiegato dopo, all'uscita. Davide di cinema se ne intende davvero parecchio, non a caso ha chiamato il suo gatto come Billy Wilder, il regista che ama più di tutti e che sarebbe anche il mio preferito se lo conoscessi, dice lui, che lo conosce bene perché è abbonato a un cineforum dove una volta alla settimana proiettano vecchi film. Sostiene che a furia di guardare cose belle si diventa esseri umani migliori (esattamente così, ha detto) e infatti lui è sicuramente più intelligente di me, perché mi ha fatto capire delle cose di *Borat* a cui proprio non sarei mai arrivata.

Poi mi ha invitata a bere un aperitivo.

Erano quasi le sette, ci mancava solo quello.

Già avevo chiesto alla mamma della migliore amica di Viola se Viola poteva andare a pranzo da loro e rimanere lì fino a che Michele non l'andava a prendere.

Già avevo chiesto a mia suocera di stare con Gu.

Già avevo detto una bugia a Michele (la prima, da quando siamo sposati).

Dovevo proprio volare a casa, insomma.

Non so perché ho preferito raccontare a Michele di essere andata al cinema con le mie colleghe.

A dire il vero non gli ho mai raccontato nemmeno di Rachele.

Ma un conto è non dire una cosa, un conto è dirne una invece di dirne un'altra.

Il problema è che Michele è molto, molto geloso e non capirebbe che Davide Morelli è solo un caro, carissimo amico.

I primi mesi che stavamo insieme una volta gli ho accennato di Fulvio Renna.

Apriti cielo!

Chi è?, che cosa ci hai fatto precisamente?, ti piaceva più con lui o ti piace più con me?: mi ha sottoposta a un interrogatorio di quarto grado.

Naturalmente non mi sono messa lì a confidargli tutti i dettagli della notte al Circeo, un uomo mica è un diario segreto!, ma gli ho spiegato che non si potevano paragonare le due cose, perché la storia con Fulvio era stata una specie di sogno mentre la nostra era reale, e lui si è tranquillizzato. Anziché agitarsi ancora di più! Certo che i maschi sono proprio diversi dalle femmine, per loro quello che si fa a letto è molto importante, più importante di tutto... tant'è che quando ha capito che Fulvio e io eravamo stati insieme, di fatto, solo una volta, Michele si è messo l'anima in pace.

Anch'io, lo ammetto, sono un po' gelosa del suo passato. Sono stata la sua prima e unica fidanzata ufficiale e questo mi ha sempre dato una bella sensazione. Ma non significa che Michele fosse un santo, prima d'incontrarmi. Assolutamente: c'è stato un periodo in cui addirittura cambiava ragazza ogni settimana! Me l'hanno raccontato le sue sorelle. Un vero sciupafemmine, era. Uno che andava in discoteca con gli amici e faceva strage.

Tutto sommato io sono contenta che si sia sfogato da ragazzo: il marito della mamma della migliore amica di Viola l'ha lasciata per un'altra donna, l'insegnante di pattinaggio della sorella più grande della migliore amica di Viola, e la mamma della migliore amica di Viola sostiene che gli uomini che impazziscono dopo i quarant'anni sono proprio quelli che a venti non hanno fatto tutte le sciocchezze che dovevano fare.

Anche mia madre, fra le infinite accuse che ancora muove a Broncio, ci mette dentro sempre questa: fosse stato giovane quando doveva esserlo, oggi non si sarebbe rimbambito dietro a quella puttanella di Mombasa che potrebbe essergli figlia, dice.

Insomma, magari è anche grazie alle sciocchezze che ha fatto Michele, che oggi è il Michele che è. Uno che le sciocchezze non le prende proprio più in considerazione. Non le fa: e nemmeno le accetta, però.

Dunque: «Mi spiace, non posso» ho risposto all'invito di Davide.

«Peccato. Conosco un bar dietro al Colosseo dove fanno degli Spritz eccezionali. È un posto davvero fantascientifico, pieno di gente divertente e famosa. Magari incontriamo la nostra Tea Fidelibus!»

«Ma la nostra Tea Fidelibus beve il prosecco...» ho scherzato io.

«Senz'altro le piace anche lo Spritz e sono certo vada spesso in quel bar. Un giorno ti ci devo proprio portare.» Lui.

E ci siamo salutati così.

«Ciao, Davide.»

«Ciao, Erica.»

«Ciao mamma, ciao papà, ciao direttore, ciao direttora.» Viola e Gu sgusciano fuori dalla porta del salotto.

Dio mio: non sono ancora andati a dormire? Mi accorgo solo ora che sono già le dieci e mezza. Ma dove ce l'ho, la testa. Dove. Dove, dove.

È il sottovuoto, lo sapevo: è tornato, si è ripreso tutto. Maledizione.

«Buonanotte piccoletti!» li saluta il capo di Michele.

E poi, verso di me: «Sono meravigliosi».

Ma come per dirmi: "E tu, madre senza pietà?, che cosa darai domani, per colazione, a questi due bambini meravigliosi? Delle crostatine confezionate alla ciliegia, no? Ieri non potevi rimanere a casa e prepararla tu, una crostata? Figuriamoci. Dovevi andare al cinema con Davide Morelli, tu. No?".

1 retina di scalogni
5 zucchine
1 peperone rosso
1 cespo di erba cipollina
1 cespo d'insalata verde
1 cespo d'insalata rossa
6 uova
500 grammi di mascarpone
1 polpettone alle olive precotto
1 confezione di gelatina in fogli
1 confezione di cacao in polvere da 75 grammi
1 confezione di savoiardi
1 confezione di crostatine alla ciliegia del Mulino Bianco
1 bomboletta di deodorante agli agrumi Helan per ambienti
1 flacone di Dixan

Al solito Fabiano porta il dolce, io una bottiglia di prosecco.

Al solito ci vediamo sotto il portone del produttore.

Al solito sono in ritardo.

«Tutto bene?»

«Riccardo ha spaccato un'anta della credenza. Io tre bicchieri.»

«Ti pareva. Ma parlare, come fanno le coppie normali, è troppo borghese per voi?»

«Lo sai. Riccardo è convinto che se una coppia ha bisogno di parlare dei suoi problemi è una coppia già finita.»

«Invece se si ritrova con la cucina distrutta gode di ottima salute.»

Saliamo in ascensore.

«Ci sarà pure la figlia?»

«Certo che sì. È appena tornata da un master a Londra. Il padre lo ripete in continuazione.»

«Ma che fa, adesso?»

«Vuole aprire una onlus con delle amiche, mi pare.»

«In difesa di chi si ustiona prendendo il sole ai Caraibi senza protezione?»

«Nena è così sensibile!»

«Talmente umana!»

La famiglia del produttore di "Testa o Cuore" è uno dei nostri divertimenti preferiti. La moglie, una matrona romana tutta certezze e luoghi comuni, dalla prima stagione ci vuole a cena due volte all'anno, il giorno prima dell'inizio delle riprese e il giorno dopo la fine. Ma la figlia, Nena, è il vero pezzo forte.

«Ti ricordi quando voleva fare la giornalista e ci ha intervistato per quella rivista online? Com'è che si chiamava?»

«"Cheap and Chic". O "Chic and Kitsch". Boh. E perché, quando si è messa a seguire quel rapper fino a Berlino?»

«Lui se l'era fatta però, no?»

«Certo. Dopo un concerto, alle quattro di mattina, ubriaco marcio.»

«Vero amore.»

Nena Saponari è una groupie: dentro. Una per cui Fabiano e io non saremo mai Fabiano e io, siamo Fabianolombardo e Teafidelibus, quelli di "Testa o Cuore"!

Dovrebbe avere quarant'anni, ormai, ma continua a scodinzolare, tremebonda, alla ricerca di qualcuno da adorare, che finalmente possa regalarle l'identità che le manca.

Ha perfino qualcosa di struggente, con quell'aria da Barbie malata, un'assenza disarmante di umorismo, pellicce strette in vita e cappotti stilosissimi come se l'inverno fosse un red carpet, gonnelline fruscianti d'estate, la voce studiata per somigliare ai suoi volant ed essere bassa, calda: a disposizione.

Alla prima di queste terribili cene si è fatta trovare da Fabiano in mutandine e reggiseno, in bagno.

Lui è entrato per lavarsi le mani, e? Lei era lì.

«Non voglio niente, voglio solo il tuo genio dentro di me» gli ha detto.

E fra noi è diventato un tormentone.

«Tea, non voglio niente.»

«Solo il mio genio dentro di te?»

«Sì.»

«E allora apri la narice, ora arriva. Anzi no, apri un orecchio. Anzi: te lo infilo nell'ombelico.»

«Non fa male, vero?»

Fra una scena e l'altra di "Testa o Cuore" passiamo il tempo così, la famiglia Saponari per noi è uno spunto inesauribile.

Ci accolgono tutti e tre sulla porta.

Nena naturalmente è in tiro, fasciata in un tubino pesca, i capelli ancora più biondi di sempre, gli occhi sfavillanti di vacuità.

Butta lì ogni tanto una parola in inglese e Fabiano e io evitiamo di guardarci, per non riderle in faccia. Soprattutto per non ridere in faccia al nostro produttore. A modo suo, lui si è davvero affezionato a noi. E, a modo nostro, noi siamo davvero affezionati a Nena.

«Tutto bene, Tea?» mi chiede Saponari, versandomi un bicchiere di prosecco.

«Abbastanza, grazie.»

«L'amore?»

«Abbastanza.»

«Ho letto sul "Corriere" che anche tuo marito è un attore: non lo sapevo.»

«Non è esattamente un attore. È un regista teatrale. Un critico, mettiamola così.»

«Com'è che si chiama?»

«Riccardo Bruni.»

Nena interviene: «Ma Riccardo Bruni quello del teatro Valle?».

«Sì» rispondo. «Sta portando in scena dei monologhi. Sono davvero interessanti, sa?» torno a rivolgermi a Saponari. «Riccardo è un professore fantastico, non c'è nessuno come lui, e adesso ha riadattato per il teatro le lezioni che tiene all'università. Dovrebbe andare a vederlo: ho sempre pensato che in televisione potrebbe funzionare. Certo, sono testi decisamente sofisticati, ma magari, nel palinsesto della notte...»

«Questi corsi si possono frequentare?» Ancora Nena. «Sapete, a Londra mi è presa proprio la passione per il teatro... è così magico. Sarà che lì c'è stato Shakespeare, e si sente.»

«Sì, credo si possano frequentare anche senza essere iscritti all'università. M'informo, ti farò sapere.»

«Certo che dev'essere dura, per un uomo», ci raggiunge la signora Saponari, portando un vassoio carico di formaggi e virgole di marmellata.

«Cosa?» domanda Fabiano.

«Guadagnare meno della moglie. Diciamocelo, Tea: tu, oltre a venire dalla famiglia da cui vieni, sei un'attrice di successo oramai. Se tuo marito è un semplice professore, nonostante sia eccezionale, be'...»

«Non ti sembra di essere un po' indiscreta?» la rimprovera il marito.

«Amore, Tea è una di casa, le parlo come se parlassi a Nena. Di' la verità, tu non sopporteresti mai di guadagnare meno di me.»

Saponari allarga le braccia come a dire in effetti.

«Scusate: fatemi capire? Dunque le donne si sono sbattute e hanno rotto le palle al mondo per conquistare una loro indipendenza, ma ora che ce l'hanno scoprono che l'altra metà del cielo non può tollerarlo e allora devono scegliere: o l'indipendenza o un uomo?» A Fabiano basta un bicchiere di prosecco per cominciare a perdere il controllo.

Lo fermo con lo sguardo e: «Ma no, la signora Saponari non voleva dire questo».

«Voleva dire semplicemente che la donna deve contribuire a fare sentire il suo uomo un uomo. No, mamma?» flauta Nena. E sorride.

All'improvviso mi ricorda la gelatina trasparente che ha comprato oggi la signora Cunningham. Che poi chissà che diavolo ci doveva fare, la signora Cunningham, con tutta quella roba. Qualcosa che contribuirà a fare sentire un uomo suo marito? Certamente sì.

«Basta con questi discorsi impegnati, siamo qui per passare una serata in allegria.» Saponari si alza, versa a tutti dell'altro prosecco. «Brindiamo alla fine delle riprese di questa terza, gloriosa stagione di "Testa o Cuore". Forza.»

Si alza anche Fabiano: «E all'inizio delle riprese della quarta. Giusto?».

1 ZUPPA DI FARRO PRECOTTA
300 GRAMMI DI CARPACCIO DI MANZO
2 LIMONI
1 BUSTA DI PARMIGIANO REGGIANO GRATTUGIATO
1 BUSTA DI RUCOLA PRELAVATA
1 BUSTA DI INSALATA MISTA PRELAVATA
1 AVOCADO
1 BOTTIGLIA DI CABERNET
1 BARATTOLO DI HÄAGEN-DAZS AL CARAMELLO DA 500 GRAMMI

No.

Non ci credo.

Non posso, non voglio, non ce la faccio.

Va bene tutto, ma questo è troppo.

Stavamo preparando i biscotti alle mandorle: a Viola e a Gu giocare ai cuochi piace tantissimo. Avevano ognuno il suo grembiule da cucina, col nome scritto sulla pettorina, glieli abbiamo regalati per Natale e ne vanno orgogliosissimi. Gu pasticciava col burro, Viola sbatteva le uova con lo zucchero. La televisione chiacchierava cose di là, in salotto.

Il sottovuoto mi tirava dalla sua, ma io resistevo: sono proprio qui, proprio ora, devo solo stare attenta a tritare le mandorle il più fine possibile, mi ripetevo, appena avvertivo i polpastrelli lievitare via, i pensieri farsi di panna.

Viola saltellava dalla cucina al salotto, un po' felice di fare la cuoca, un po' ansiosa di non perdersi la fine del suo cartone animato delle cinque.

Ma a un certo punto: «Mamma, mamma, c'è Lui!» ha urlato, mentre era di là.

L'ho raggiunta, con le mani ancora sporche di farina, Gu dietro, il pugnetto pieno di mandorle.

C'era Fabiano Lombardo, in persona. Intervistato dalla conduttrice del contenitore pomeridiano che si spalma dalle quattro alle otto e dopo i cartoni animati passa alle interviste e ai quiz.

«"Senza i diritti per le coppie gay un Paese non può dirsi civile": hai dichiarato. Un'affermazione forte, non ti pare?» gli stava chiedendo la conduttrice.

«Credo sia più forte e più violenta l'ostinazione del Paese a non riconoscerci i diritti che ci spettano» ha risposto Fabiano Lombardo. Con la stessa fermezza che ha Lui, in certe scene, soprattutto nelle parti di "Testa".

«Tu e il tuo compagno vi sposerete a fine settembre a Formentera, giusto? Fantastici...»

«L'idea c'è. Ci siamo conosciuti lì, proprio l'ultimo giorno dell'estate scorsa. Abbiamo già preso la cittadinanza spagnola e poi, ora che finirà "Testa o Cuore", io avrò molto tempo a disposizione per organizzare un matrimonio come si deve.» E sorride: amaro.

Che ha detto? Ora che finirà "Testa o Cuore"? E ha sorriso: amaro? Ma che significa?

Dio mio. Non ci credo.

«Sei dispiaciuto per la chiusura della serie?»

Non posso, non ce la faccio.

La chiusura della serie? Ma che sta dicendo questa?

«Naturalmente sì. "Testa o Cuore" è stata la mia vita per più di tre anni e sono profondamente legato a tutto il cast che...»

«Anche a Tea Fidelibus?» incalza lei.

Lascialo parlare, cretina!

«Mamma...»

«Gu, un attimo: fammi sentire.»

«Soprattutto, a Tea Fidelibus» risponde Fabiano Lombardo. E riprende da dove la maleducata lo ha interrotto. «Ma rispetto il volere della produzione: i nostri committenti sono convinti che "Testa o Cuore" oramai abbia scandagliato tutte le possibili situazioni in cui può ritrovarsi una coppia ai giorni nostri, e che da qui in poi la serie avrebbe solo rischiato di ripetersi.»

«Eppure continua a essere molto seguita... mia sorella guai!, se si perde una sola puntata!» E ride.

Il pubblico in studio la applaude. Fa così ogni volta che la conduttrice rivela un piccolo dettaglio della sua vita privata. Non ho mai capito perché, ma tant'è.

Nel frattempo Fabiano Lombardo non è affatto a suo agio, seduto lì. Io lo conosco da tre anni, posso dirlo con certezza: non è a suo agio. Affatto.

«Ringrazi sua sorella da parte mia. Ma forse tutto sommato è giusto chiudere un programma quando continua a essere al top e non aspettare che deluda e se stesso e gli spettatori...»

«Chissà» fa quella, fingendo di pensarci su. Poi: «Progetti per il futuro?».

«In questi giorni siamo tornati sul set per girare quella che sarà l'ultimissima puntata...»

«E che durerà il doppio di una puntata normale: due ore, giusto?»

«Giusto. Andrà in onda alla fine del mese.» E guarda verso di me. Cioè, verso tutti i telespettatori, come si dice?, in camera: «Sarà una puntata memorabile» promette. E io mi fido di lui. Ma c'è sempre quell'amarezza, negli occhi grandi.

«Poi? Dove ti vedremo? Sappiamo che ti hanno offerto di partecipare alla nuova edizione di "Ballando con le stelle": che cosa hai intenzione di fare?»

«Per il momento ho un matrimonio a cui pensare.»

«Certo, certo. E noi facciamo i nostri più calorosi auguri a te e al tuo fidanzato... come si chiama?»

«Enrico.»

«Enrico: ciao Enrico! Tornate a trovarci insieme, così ci raccontate com'è andata a Formentera! E mi raccomando...» Verso di me. Cioè, verso tutti i telespettatori. In camera. «... voi non perdetevi l'ultima puntata di "Testa o Cuo.»

Spengo.

«Mamma, ma ora ci sono le Bratz!» protesta Viola.

«Ratz!» le fa eco Gu.

Mi pulisco le mani sul grembiule, mi butto sul divano all'improvviso stanca, stanca, stanca. E triste.

«Scusa Viola, scusa Gu. La mamma è stanca. E triste.»

«Perché?» chiede Gu, mettendosi in bocca in un colpo solo quasi tutte le mandorle che ha in mano.

«Perché il suo programma preferito non ci sarà più.»

Mi guardano. Si guardano.

Viola fa una piroetta, poi una ruota. Una spaccata.

«Che fai, tesoro?»

«Se il tuo programma finisce te le facciamo noi le recite!»

Prende Gu per le manine, se lo fa salire sui piedi, lo trascina in una specie di valzer: ce l'ha fatta, l'ha proprio ereditata dalla nonna, l'armonia.

«Lui, mi ami?» Sospira, continuando a volteggiare per il salotto. «Io sono Lei e ti giuro che ti amo!»

Gu ride, sballottato dalla sorella.

Come farei senza di loro.

Come.

Come facevo.

Mi sforzo di ricordare la mia vita prima della nascita di Viola. ma niente.

Improvvisamente non c'è più niente.

Lei e Gu ora s'infilano perfino nella notte al Circeo con Fulvio Renna.

Cioè: lo so benissimo che non c'erano, ci mancherebbe.

Ma, adesso che ripenso a quella notte tenendo ben presente il fatto che Viola e Gu ancora non c'erano, mi sembra impossibile.

Che facesse notte, che poi abbia fatto giorno, che abbia rifatto notte, che qualcuno mi chiamasse Erica e io rispondessi che c'è, ma che nessuno mi chiamasse mamma.

Non so come dire.

Forse la verità è che io non sono più solo Erica, da quel ventisette aprile del duemiladue, ecco.

Sono Erica e Viola.

E dal ventidue novembre del duemilanove sono Erica e Viola e Gu.

Le cose che penso le penso con tre teste.

Le cose che sento le sento con tre cuori.

Però sottovuoto sono da sola.

Solissima sono, sottovuoto.

E allora ecco.

Ecco perché.

Ecco perché mi piace tanto, ma mi terrorizza di più, e poi di nuovo mi piace tanto, ma soprattutto mi terrorizza: l'effetto sottovuoto è la prima cosa che, da quando sono nati, riesce a separarmi da loro.

Ecco.

Mi separa anche dalle mie braccia, sì, dalle mie gambe. Però chi se ne importa delle mie braccia e delle mie gambe, non hanno niente di speciale, non sanno nemmeno ballare, potrebbero essere più lunghe, potrebbero essere di un'altra.

Non sarebbe un problema, sarebbe addirittura divertente vederle attaccate, che ne so, al busto della mamma della migliore amica di Viola, fare a cambio, trovarmi le sue giacche di camoscio strette sui fianchi, i suoi capelli cortissimi al posto del mio taglio senza forma.

Solo adesso, adesso lo realizzo. Mentre li guardo fare gli scemi per tirarmi su di morale: Viola si è stesa sul tappeto, come se fosse Biancaneve morta, e spiega a Gu che lui è il principe, deve arrivare a cavallo e darle un bacio sulla fronte.

Il sottovuoto mi fa fare cose assurde, come buttarmi sul divano, ora, a fissare il soffitto, invece di essere di là a infornare i biscotti, ma il vero pericolo è uno, uno solo.

Il sottovuoto mi fa rallentare certi calcoli, in banca: ma è un altro, il pericolo.

Il sottovuoto mi fa distrarre da Michele perché stanotte, per esempio, mentre chattavo con Davide Morelli è arrivata l'alba e solo quando sullo schermo del portatile ho letto zeroquattro e cinquantasette mi sono resa conto che da un momento all'altro si sarebbe potuto svegliare e non mi avrebbe trovata a letto con lui, ma mi avrebbe trovata davanti al computer, in cucina.

A chattare con Davide. Eppure non è questo il vero pericolo del sottovuoto.

Non è distrarsi da Michele: io lo amo; non è chattare con Davide: è solo un caro, carissimo amico.

Almeno credo, di amare Michele.

E il vero pericolo non è nemmeno credere quello che fino a pochi giorni fa ero certa di sapere.

Che Davide è solo un caro, carissimo amico, per esempio.

Dio mio, a proposito. Appena mi lavo le mani gliela dovrò scrivere subito, questa notizia tremenda della fine di "Testa o Cuore".

Chissà come la prenderà.

Chissà come l'avrà presa Tea Fidelibus.

Poveretta.

Ora capisco perché da quasi un mese al supermercato non la vedevo più, e perché oggi ha fatto quella spesa, a modo suo ricercata, proprio lei che va sempre di fretta, inseguita da tutto il suo da fare.

Certo: la Fidelibus e il marito vorranno passare una serata romantica, vorranno mangiare una zuppa come si deve, se pure precotta, bere un buon bicchiere di Cabernet e convincersi che, finché c'è la salute e c'è l'amore, c'è tutto.

Chi se ne importa del lavoro, tanto più se davvero è incinta, come il suo sorriso un mesetto fa lasciava intendere.

Però poveretta.

Le piace tanto fare Lei, è evidente: ci s'impegna proprio a recitare quel personaggio.

È suo, di Tea Fidelibus: il personaggio di Lei è proprio suo.

E ora non lo sarà più.

«No, no e no! Un principe non può arrivare a piedi! Deve arrivare a cavallo! Prendi il cuscino e usalo come cavallo, dai.»

Sono miei.

Sì.

Viola e Gu sono proprio miei.

Anche dal sottovuoto, soprattutto dal sottovuoto, devo saperlo sempre.

Miei miei miei miei miei miei miei.

Sono miei.

Devo saperlo.
Sempre.
Perché questo sarebbe l'unico vero pericolo.
Dimenticarlo.
E sempre per colpa del sottovuoto non me ne accorgo subito, ma prendo a piangere.
Al solito: non io.
È la mia faccia, per conto suo, che prende a buttare fuori lacrime.
Me lo dice Viola: «Mamma, piangi...».
Ha ragione, è vero.
«Passa subito, tesoro.»
«Mamma.» Gu mi prende una ciocca di capelli, la succhia assieme a una mandorla.
«Ti dispiace proprio tanto, eh?»
«Non è solo per "Testa o Cuore", Viola.»
«E allora per che cos'è?»
«È per tutte le maledette esistenze che potrebbero farci felici, se non fossimo sempre alle prese con la nostra.»
«Che?»
«Lascia stare, amore mio. È una cosa che dice un'amica di mamma. Ma il problema è che sono delle bugiarde, quelle esistenze.»
«Peggio di Pinocchio?»
«Peggio. Datemi un abbraccio forte, ora. Fortissimissimo, datemelo.»
«Con la testa e con il cuore!» urla Viola. Mi si butta addosso, a peso morto.
«Uore!» le va dietro Gu.
E mi si arrampica dalla pancia al collo.
«Mamma» dice. Sputa la mandorla e me la infila in bocca. «Mamma.»

1 panetto di burro da 250 grammi
4 uova
200 grammi di mandorle sgusciate
1 bottiglia di succo di mirtillo
1 bottiglia di succo alla pesca
1 confezione di bustine di vanillina
1 confezione di bustine di lievito
1 bottiglia di Strega

«Papà.»

«Teodora.»

Ci abbracciamo come se non ci vedessimo da anni, come se fosse l'ultima volta che ci è possibile farlo. E poi piomba, subito, una specie di formalità. Funziona così fra noi. Più forte del bene assoluto che ci lega è solo l'imbarazzo del fatto che sia così. Ancora e per sempre.

«Entra, dai.»

«Disturbo?»

«Ma no, figurati. Riccardo è a teatro.»

Si scioglie il nodo della cravatta, si toglie la giacca, si butta su una poltrona, si rialza: come me non si muove a gesti, ma a scatti. Come lui non trovo pace, non la troverò mai.

Ci mettiamo a tavola, scaldo una zuppa di farro precotta, ho passato tutto il pomeriggio a fare macerare il carpaccio col limone, a mettere dentro e fuori il frigorifero l'avocado, perché fosse abbastanza maturo da mescolare all'insalata, ma non troppo.

Mio padre mi fa quest'effetto: mi mette la curiosità di capire come sarebbe essere donna.

Essere moglie.

E lo so che così non va bene. Lo so, lo so.

«Va meglio con Riccardo?» mi domanda. Mentre assaggia la zuppa. E chissà, chissà che pensa.

«Sì. Ho convinto Saponari a andarlo a vedere a teatro, una sera. È rimasto estasiato. Si sono già incontrati tre volte: stanno ragionando su una striscia televisiva notturna in cui potrebbero andare in onda.»

«Le lezioni di Riccardo?»

«Già.»

«Mi pareva di capire che detestasse la televisione.»

«Infatti dice che lo farebbe più che altro per dare un contributo alla divulgazione degli autori sperimentali di cui si occupa.»

«Ah.»

Alzo il mio cucchiaio, dalla zuppa alle labbra.

Abbassa il suo, dalle labbra alla zuppa.

Abbasso il mio.

Alza il suo.

«Partirò per il Kenya, la settimana prossima. Ho affittato un bungalow sulla spiaggia di Diani, vicino Mombasa. Un posto lontano da tutto e da tutti. Resterò lì due settimane.»

«Con Riccardo?»

«No. Lui avrà un altro appuntamento con Saponari. Quello decisivo, pare.»

Abbassa il suo cucchiaio.

Alzo il mio.

«E tu che cosa ci vai a fare, in Kenya da sola?»

Vado appunto a stare da sola, papà. Vorrei rispondergli. A capire come si sta, da sola. Senza Riccardo. Senza "Testa o Cuore". Ma anche senza Anthony, papà. Che, per inciso, è l'uomo che fa l'amore con tua figlia da più di un anno. Lo sai, vero, che cosa significa? Tu mamma l'hai sposata anche per questo: vero? Perché, al dunque, ti avrebbe sempre detto di sì. Ecco: Riccardo mi dice no da tanto, tantissimo tempo. E allora è arrivato Anthony. Che però non è Riccardo. Proprio perché è Anthony. E io amo tutti e due. Sì. Ma se non so più nemmeno chi sono io, se forse non l'ho mai saputo, fra un portafoglio da rubare e questo vuoto impossibile, che più ho riempito più mi si è allargato dentro, come posso capire chi è che voglio, vicino a me?, dice lo psichiatra. E allora perché, adesso che tuo malgrado hai un po' di tempo libero, non fai un viaggio?, dice. Tuo, solo tuo. Che metta Riccardo nella condizione di sentire che esisti, a prescindere da voi, da lui. Lo metta nella condizione di sceglierti e non solo di ritrovarsi caduto addosso a te, a peso morto. O che magari metta te nella condizione di scegliere Anthony e non solo di ritrovarti caduta, a peso morto, addosso a lui. Accompagna le due parti di te lontano da tutto e da tutti, porta Tea e Wendy dove possano smetterla di litigare. La natura aiuta, quando bisogna cambiare ritmo ai pensieri, ai sentimenti: scegli un posto senza troppi ostacoli fra te e l'orizzonte. Questo dice, lo psichiatra.

«Vado a cambiare ritmo alla testa e al cuore, direi.» Sorrido. Lui no: fissa i suoi occhi stretti, lunghi, acquamarina nei miei. Stretti, lunghi, acquamarina. «Insomma papà: ho bisogno di riposare un po'.»

«Dal lavoro che non hai più?» Eccolo! L'ingegner Fidelibus. Eccolo. Lo aspettavo, mentre la ciotola con la zuppa lascia il posto al carpaccio di manzo, all'insalata con l'avocado. Io lo aspettavo. Aspettavo la sua furia di muoversi, costruire palazzi cessi cliniche, per riempire il vuoto che fa. Il suo istinto ad accumulare. Fare. Nata come un bisogno, la vocazione al dovere gli si è trasformata in carattere. Vuole soluzioni, l'ingegnere. Ancora prima di avere compreso quali siano i problemi: lui vuole soluzioni. Teodora, la sua bambina eternamente a rischio, ha perso il lavoro? Bene, Teodora, la sua bambina eternamente a rischio, deve trovarne un altro. Dopo si potrà pensare a tutto il resto. Semmai. Si potrà prenotare un bungalow in Kenya, si potrà cambiare ritmo al proprio cuore e alla propria testa, ci si potrà riposare, essere magari perfino un po' felici. Dopo. Semmai.

«Ho già tre proposte per delle nuove fiction, e tutte da protagonista... non resterò a lungo disoccupata. Fidati, papà.»

Mio padre separa con la forchetta l'insalata dall'avocado. Mangia solo l'insalata.

«Teodora, mi raccomando. La mamma e io ti abbiamo percepita

decisamente più equilibrata e matura, da quando hai cominciato a lavorare per quella soap opera. D'altronde non lasciarsi andare e guadagnarsi da vivere non è un dovere: è il diritto più straordinario che abbiamo a disposizione.»

«Non è stata una soap opera, papà. Era una serie.»

«Quello che è.»

Gli verso del Cabernet, mi fa cenno di no. Lo verso a me.

«Gli affetti vanno e vengono, se non ci si impegna realmente a costruire qualcosa. Non critico le tue scelte, lo sai. Ma il lavoro e l'impegno rimangono l'unico baricentro possibile, per un essere umano che non possa contare su un progetto familiare solido.»

«Sì, papà.»

«Per una persona come te, oltre tutto, è più che mai essenziale riempire il tempo in una maniera costruttiva.»

Una persona come me, papà? E chi è, una persona come me? È tua figlia, certo. Ma poi? Nello scarto che rimane, fra quello a cui ci costringe chi ci ha messo al mondo e quello a cui il mondo chiama, quella persona chi è? Quando smette di essere solo tua: chi è? Eh, papà? Se io ti stupissi, se vi stupissi tutti? Se facessi un figlio con Anthony? Se, anzi, ne facessi due? Se mi comprassi una station wagon? E al posto di un cane, dentro quella station wagon, con me, Anthony e i nostri figli ci fosse anche Riccardo? Non sarebbe bello, papà? Non sarebbe un progetto familiare anche questo? Perché. Perché, perché? Ti continui a paragonare a me: perché? Mi continui a paragonare a te. Tu sei un orfano, cresciuto in un istituto di monache, senza un padre, una madre, con un pezzo di formaggio da considerare come cena. Ovvio: l'impegno, il tuo unico baricentro possibile. Ovvio: un-progetto-familiare-solido. Ma io? Io sono l'unica figlia, femmina, di un milionario, non m'impegno a recitare: amo farlo come non amo nient'altro e ti avrei detto che amo farlo come non amo nessuno, prima d'incontrare Riccardo, perché innamorarmi per me era un hobby, ma poi m'è capitato davvero, e proprio questo, ora come ora, è il problema. Non è la fine di "Testa o Cuore": è quello che m'imprigiona a Riccardo, il problema.

Dunque perché? Perché insisti a volermi tua? A volermi te? Perché mi ami così? Non basta, papà. O forse è troppo. È troppo, tutto questo bene. Troppa, questa aspettativa. E poi ti credo che arriva la voglia del portafoglio degli altri. Dell'anima di chi forse nemmeno ce l'ha. Del colore di quel maledetto retro del cielo. Di un uomo che mi dia una cosa grande, ma anche di un altro che me ne dia un'altra, grande. Di raddoppiare l'esistenza. Ti credo, che arrivano quelle voglie lì, se mi pompi tutta quest'urgenza nelle vene. Ti credo, che arriva la pazzia. Perché altrimenti come lo trovo, qui, in una vita sola, il modo per ricambiarti? Per ricambiarlo, tutto l'amore che fai, tutto l'amore che c'è? Per chiederti scusa, senza sapere esattamente nemmeno di cosa?

«Certo. Infatti sto valutando seriamente queste tre proposte» rispondo. Mi porto un boccone di carpaccio alla bocca, ma mi viene da vomitare. Tagliuzzo la rucola, tanto per fare qualcosa. «E comunque la vera grande notizia, ora, mi pare sia che Riccardo torni a fare qualcosa d'importante, con questo progetto in televisione. No?»

Dimmi di sì, papà. Dimmi di sì.

Ma lui invece mi chiede quando.

«Teodora: quando?»

«Quando che, papà?»

«Quando ti metterai in testa che Riccardo non è un bambino da proteggere?»

«Lui è, un bambino da proteggere.»

«No: è un uomo di cinquant'anni. E se hai davvero tanta smania di proteggere un bambino, perché non fai un figlio?»

«...»

«Ti chiedo scusa, Teodora. Ho esagerato. Non ho intenzione di criticare le tue scelte, ripeto.»

«...»

«Ma il punto è: Riccardo farebbe per te quello che tu fai per lui?»

«Ha fatto molto di più, papà. Mi ha riconsegnato me stessa.»

«Senza volerlo.»

«Però c'è riuscito.»

«Insomma, Teodora. La mamma e io vorremmo solo che Riccardo fosse in grado di prendersi cura di te. Tutto qui.»

«Ma finché ci sei tu a farlo che importanza ha che lo faccia qualcun altro?»

Gli strizzo un occhio.

E un po' scherzo.

Ma un po' no.

Sparecchio.

«Ti va del gelato?»

«Non hai qualcosa di secco? Che ne so: dei biscottini?»

«Magari alla mandorla?»

«Ecco.»

«No, papà. Non ce li ho.»

«Peccato.»

«Appunto.»

«Che cosa?»

«Lascia stare, papà. Lascia stare.»

2 PACCHI DI FARFALLE BARILLA
2 PACCHI DI RIGATONI BARILLA
1 BARATTOLO DI SUGO AL TONNO
2 BARATTOLI DI SUGO ALLE OLIVE
10 LATTINE DI HEINEKEN
1 CONFEZIONE DI ACQUA NATURALE
1 PACCO DI CIPSTER
1 LITRO DI LATTE PARZIALMENTE SCREMATO A LUNGA CONSERVAZIONE
1 CONFEZIONE DA 4 ROTOLI DI CARTA IGIENICA SCOTTEX
1 TUBETTO DI DENTIFRICIO ULTRAWHITE
1 LASAGNA SURGELATA

Entro.

Tea Fidelibus è di spalle.

Balla.

Balla?

Balla.

Ha addosso una pelliccia che non le ho mai visto, bianca, di visone.

È scalza.

Di solito qui al supermercato di sottofondo c'è la radio, sempre ferma alla stessa stazione che trasmette solo musica italiana.

Oggi invece c'è la sigla di "Testa o Cuore". Sparata a palla, con il suo violino zingaro, inonda i reparti.

Ma perché non c'è nessuno?

C'è solo lei.

Ondeggia, sui piedi magri, nudi, prende un litro di latte e lo agita, con una mano, con l'altra agita una lattina di Heineken, come fossero maracas.

Il supermercato è suo, tutto suo.

Può fare quello che vuole: lo fa.

Cammina per il reparto casalinghi, poi corre, di nuovo balla, per il reparto frutta e verdura, di nuovo corre avanti, indietro, avanti.

Accenna due passi di tip tap che con la musica del violino non c'entrano niente e invece sì, ce l'hanno, posa il latte fra i cespi d'insalata, la lattina di Heineken fra i detersivi.

Chiude gli occhi, alza le braccia, gira su stessa, è meravigliosa, la pelliccia lascia una scia lucente dietro a ogni suo movimento.

Prende le cose che ha già preso stamattina: i pacchi di pasta, i barattoli di sugo, l'acqua naturale, un pacco di patatine, la carta igienica.

Ma anziché buttarle di fretta nel carrello, come ha fatto stamattina, come fa sempre, le lancia per aria.

Sì! Proprio per aria, le lancia.

E balla. Balla, balla balla.

Ogni volta che la musica della sigla finisce, subito ricomincia.

Io mi accuccio dietro il banco dei salumi, ho una paura matta che mi veda, che mi costringa a ballare con lei.

Ecco. Dio mio. Mi ha vista.

S'infila dietro al banco, mi tira per un braccio.

«Balli?»

Ecco. Dio mio.

Si fa vicinissima.

«No, grazie.»

«Balla!»

«Per favore, no...»

«Balla!»

«Ma perché chi non balla non si permette mai di trascinare chi balla a non ballare, mentre chi balla si sente sempre in diritto di trascinare chi non balla? Eh? Perché?» Mi metto a frignare e la mia voce non è la mia voce: è quella di Viola! Quella, esatta. «Perché? Che male c'è, a non ballare? A starsene buoni a guardare chi balla?»

«Che palle, Erica... eddai, balla Erica. Sei una femmina o sei un salame?»

«Mamma?»

Non è Tea Fidelibus, quest'angelo scatenato in pelliccia! Non è lei. È mia madre. E sotto la pelliccia non ha niente. Niente.

«Mamma, su, copriti.»

«Perché?»

Dal banco del pesce spunta il commesso. Che però non è il commesso. È vestito sì come il commesso, con la sua divisa, il grembiule rosso e il cappellino a visiera, ma no. Non è lui.

«Balla, Erica. Balla con lei» dice. E, pure se non lo vedo da tanto, tantissimo tempo, lo riconosco subito.

«Broncio! Dio mio, Broncio!»

«Balla con lei» ripete lui, per niente emozionato da questa rimpatriata. E in un attimo è al di là del banco, nudo pure lui, solo il cappellino gli è rimasto addosso. Prende mia madre per la vita e si struscia a lei, la musica si fa dolcissima.

Broncio e mia madre ballano e questo dove stiamo non è più il supermercato. È il salone di Giulia Fedrizzi. Che mi offre un bicchiere di Spritz. E: «Sono una bella coppia, eh?» mi fa.

Le rispondo che sì, lo sono, lo sono sempre stati, ma con mia madre ora non sta più ballando Broncio. Sta ballando Fulvio Renna!

«Sono una bella coppia?» insiste Giulia. Mi giro, la guardo.

«Sei rimasta uguale a quando avevi diciott'anni!» le dico.

«Ma io ne ho, diciotto!» dice lei. «Perché, tu no?»

«Certo che no, ne ho centotré!» dico io. Ma Giulia è sparita. Pure il suo salone: sparito.

Non capisco dove sono, dove siamo.

Mia madre e Fulvio Renna continuano a ballare, stretti. Lui infila le mani nella pelliccia, le accarezza, piano, il corpo nudo.

Si danno un bacio. Due. Tre.

«Basta!!!» strilla qualcuno. E quel qualcuno sono proprio io. Almeno mi pare. «Basta! Basta, basta, basta!»

Ed entrano loro.

Hanno tutti e tre il passamontagna, stavolta. Puntano le pistole addosso a mia madre e a Fulvio Renna.

«Pancia a terra!» urla uno. Mamma si stacca da Fulvio Renna, ma rimane in piedi, immobile, guarda in faccia uno per uno i tre rapinatori.

«Pancia a terra!» urla l'altro.

«Pancia a terra!» il terzo.

Niente, mia madre non si muove.

«Mamma, pancia a terra!» urlo anch'io, e ricomincio a frignare con la voce di Viola. «Fulvio, diglielo anche tu, ti prego! Fulvio, Fulvio, Fulvio!» Fulvio non mi ascolta, guarda mia madre immobile, incantato d'amore. «Fulvio, la uccideranno! Mamma, mamma, ti prego, fai come ti dicono, fallo mamma! Mamma!» Sono disperata. Disperata.

«Vedi, Erica. Io non faccio mai come dicono loro. Mai» mi bisbiglia in un orecchio lei.

«Mamma! Mamma! Mamma.» Non è più di Viola: ora è di Gustavo, la voce. Però è mia. Che piango: «Mamma!». E ancora: «Mamma». È come se qualcosa mi bloccasse la gola e riuscissi a tirare fuori solo quella parola.

«Mamma, mamma.»

Lei mi guarda. Si lascia cadere la pelliccia ai piedi.

È nuda.

Bellissima: con la pelle luccicante, tutta piena di brillantini.

Butta le braccia al collo di uno dei rapinatori. Lo bacia una, due, tre, undici volte. Gli sfila il passamontagna: è Fabiano Lombardo, Dio mio.

Che viene verso di me, mi prende la mano.

«Ciao, Lei» dice, guardandomi negli occhi, con quegli occhi grandi. E mentre infila le mani nella pelliccia scopro di averla addosso io, ora.

«Balla con me, Lei» sussurra. Ma non a Lei, non a Tea Fidelibus. A me! Lo sussurra a me. «È l'ultima puntata, è la nostra ultima possibilità. Balla con me.»

«Mia madre è in pericolo.» Io.

«Pure tu.» Lui.

Qualcuno ha preso un carrello, lo spinge matto fino a me, fa quasi per investirmi: «Entra qui» dice.

È Michele.

«Balla con me» insiste Fabiano Lombardo.

«Entra qui» insiste Michele.
«Michele, ma sei impazzito? Nel carrello? Che dici? Michele!»
«Amore, che c'è?»
Michele.
Michele, Michele.
Accende l'abat-jour del suo comodino.
«Che c'è, Erica?» ripete. «Sei tutta sudata.»
Mi stringo a lui.
«Hai fatto un brutto sogno?»
«Sì.»
Mi apre un abbraccio, come a dire: vieni qui.
Entra, qui.
Ci entro.
Michele spegne l'abat-jour.
Mi infila le mani sotto alla camicia da notte e mi accarezza, piano, finché non s'addormenta di nuovo.

Per carità, Anthony Fark aveva ragione: la tisana alla melissa e al biancospino è ideale per chi, come succede a me da quando c'è il sottovuoto, fatica un po' a prendere sonno.

Ma poteva anche dirlo che fa fare sogni assurdi.

Poteva avvertire.

2 barbabietole
250 grammi di pasta fresca per lasagne
250 grammi di mozzarella
1 litro di latte intero
mezzo chilo di carne di manzo macinata
2 barattoli di pelati
1 barattolo di olive nere snocciolate
1 barattolo di olive verdi snocciolate
1 confezione di tisana alla melissa e al biancospino
1 bottiglia di bagnoschiuma con i brillantini di Hello Kitty

«Un incubo.»

Entra come una furia in camera, dove stavo dormendo o almeno ci provavo, grazie al sonnifero che mi ha prescritto lo psichiatra.

«Un incubo» ripete. E accende la luce.

«Che?» Il sonnifero mi rallenta i tempi di reazione.

«Saponari.»

Riemergo dalle coperte, mi tiro su, lo prendo per un braccio perché si sieda sul letto, vicino a me. Il progetto in televisione ormai è avviato: per ora si tratta di dieci puntate, ognuna dedicata a uno scrittore che Riccardo racconterà a modo suo, a mezzanotte, per un quarto d'ora. Stasera c'è stata la prima riunione di produzione.

«Bamore, dagli tempo. Saponari è un cafone, però simpatico. E in un certo senso è una persona di cuore.»

«Non se ti impone sua figlia e una pianista da parrocchia nella tua trasmissione. Che fai, ridi?»

«Scusa. È che Nena Saponari a me e a Fabiano mette allegria.»

Si alza, cammina per la camera: è agitato e, anche se ho la testa piena di cotone per il sonnifero, sento che potrebbe essere un bel segno. Mentre allestiva il *Peter Pan* era così. Sempre incazzato: con gli attori, con i tecnici delle luci, del suono, con l'Italia. Poi sono arrivati i mesi difficili, gli anni, e mentre scivolava nelle sabbie mobili della sua depressione, giorno dopo giorno non ce l'ha avuta più con nessuno. Solo con se stesso: solo con me.

«Ti rendi conto?» dice. A me: a sé. «Fra un pezzo della mia lezione e l'altra quella cretina, secondo Saponari, dovrebbe recitare i brani dei testi di cui parlo. Ogni volta con un costume *d'atmosfera*, a seconda dell'autore.»

«Un costume d'atmosfera?»

«Saponari l'ha chiamato così. Se i libri dello scrittore protagonista della puntata parlano di India lei sarà vestita da indiana, se sono ambientati a corte sarà vestita da cortigiana: ha detto. Testualmente. Ancora ridi? Wendy, ma ti rendi conto?»

Sì, bamore mio: vorrei dirgli. Mi rendo conto che la possibilità di una salvezza arriva sempre da dove non ce l'aspettiamo. A me è arrivata da te, quando ti ho conosciuto. Misteriosamente, senza che nemmeno te ne accorgessi, che lo desiderassi: mi hai distratta, salvata da me. E io per questo ti sarò sempre devota. Misteriosamente, senza che nemmeno se ne accorga, che lo desideri, magari ora toccherà a Saponari: distrarti, salvarti da te.

Ma la speranza è troppa perché trovi le parole giuste.

Allora chiedo: «E la pianista?».

«Dovrebbe suonare tre pezzi di musica contemporanea. Ti dico solo che la prima lezione sarà su Beckett e lei ha proposto di cominciare con *Poker Face*, di Lady Gaga.»

«Che c'entra?»

«Dice che Lady Gaga è un personaggio assurdo. Come il teatro di Beckett.»

Sorrido. Sorride.

«Prova a fidarti di Saponari. Lui sa come funziona la televisione.»

«Forse sono io che non funziono. E non dovrei accettare tutti questi compromessi.»

«Ma sì che devi.»

«La televisione rassicura, Wendy. Prendi la tua soap.»

«Purtroppo non è più mia. E comunque non era una soap.»

«Quello che era. Comunque rassicurava.»

«Non sempre. Se ne avessi visto almeno una puntata per intero lo sapresti.»

«Comunque. Io sono uno abituato a creare disagio, a minare certezze. Ho fatto questo, con il nostro *Peter Pan*.» Lo fa con me.

«Fidarsi di chi s'intende di qualcosa che non fa per noi, e anzi ci disgusta, può essere un'esperienza forte.» Lo sto facendo con Anthony.

«Sarà. C'è qualcosa, in frigo? Sto morendo di fame.»

«Nel freezer trovi una lasagna surgelata.»

Ero già in fila alla cassa, quando ho visto la signora Cunningham farla passare sul nastro: della pasta fresca per le lasagne. Non le ho mai amate, le lasagne. Anzi. Era il piatto forte di mia madre, lo preparava ogni volta che la domenica era invitata a pranzare con noi anche suor Teodora, la madre superiora dell'istituto dove è cresciuto mio padre. Sarà che c'era troppa mozzarella, troppo sugo, troppa domenica, troppa suor Teodora: ma il mio piatto restava sempre quasi tutto pieno. Improvvisamente invece mi è sembrato di non volere fare altro che mangiare lasagne. Sono andata al banco del pane, l'ho chiesta al commesso. E lui mi ha guardata come se fossi un animale inventato, un mostro. «Che succede?» gli ho domandato. «La pasta fresca la trova nel reparto frigorifero, signora, non qui!» ha risposto, e sembrava quasi offeso nel profondo. O forse ha offeso me, la mortificazione è una corrente, passa, ma non si sa bene dove arriva, da dove parte: anni con Riccardo me l'hanno insegnato. Fatto sta che per sfregio (al commesso stupefatto che una donna di trentaquattro anni non sappia esattamente dove trovare cosa, in un supermercato? A me che esattamente non lo so?) le ho prese surgelate, le lasagne. E mentre ero di nuovo in coda per la cassa mi si è surgelata pure la voglia.

«Lasagne surgelate? Che porcheria è, Wendy?»

«Trovi pure dell'altro. Ti ho fatto un po' di scorta per quando sarò in Kenya. Pasta, birre, sughi. Robe così.»

Va in cucina, lo sento rimestare nel frigo, nella credenza.

«Sei davvero sicura di partire?» mi urla, da una stanza all'altra.
«Vuoi che resti?» gli urlo io.
«Figurati. Tanto ormai il tic tac della sveglia nella pancia del coccodrillo si fa inesorabile. Tic tac, tic tac. Wendy è grande, va perfino in Africa da sola. Tic tac. Peter Pan, sei finito. È cresciuta» urla lui.
«Non dire così, ti prego» bisbiglio, e spengo la luce, scivolo di nuovo sotto alle coperte. «Non dire così.»

1 AUTAN SPRAY
1 CONFEZIONE DI ASSORBENTI INTERNI
1 FLACONE DI CREMA DOPOSOLE ALL'ALOE VERA
1 DEODORANTE STICK NEUTRO ROBERTS
2 PACCHI DI SPAGHETTI BARILLA
2 PACCHI DI PENNE BARILLA
MEZZO CHILO DI PARMIGIANO REGGIANO

– buon pomeriggio per tutto il pomeriggio, erica.

– buon pomeriggio, davide.

– che fai?

– aspetto che viola finisca catechismo, poi dovrò accompagnare lei e gu dal dentista e intanto scaldo il forno per un pan di frutta all'anice... la solita vita.

– e tu la solita wonder woman.

– dipende da come verrà il pan di frutta...

– me lo preparava sempre mia nonna, quand'ero piccolo, è la mia madeleine.

– è tutta un'altra cosa!

– che?

– il pan di frutta. è un dolce completamente diverso dalle madeleine.

– ah, certo! ma io parlavo di quei sapori che ci ricordano di quando eravamo bambini. sono le nostre madeleine, si dice.

– perché proprio le madeleine?

– perché c'è un libro di uno scrittore francese che comincia con lui che intinge una madeleine nel tè e si ricorda all'improvviso tutta la sua infanzia.

– un'infanzia felice?

– non lo so, è un'opera gigante, io ho letto solo metà del primo volume. però no, non direi che sia stata un'infanzia felice, la sua... invece a me il pan di frutta fa pensare a cose belle.

– tipo?

– la prima che mi viene in mente è nonna che setacciava la farina e mi faceva ripetere le tabelline.

– viola odia ripetere le tabelline.

– probabilmente le odiavo anch'io: ma ora quello con mia nonna mi sembra un momento meraviglioso. ti capita mai?

– che cosa?

– di ripensare a un momento della tua vita normalissimo, magari addirittura noioso, e che però adesso ti sembra perfetto.

– sinceramente no.

– a me sì. anche con la mia ex mi succede: lo so benissimo che avevamo dei problemi enormi, infatti non tornerei mai con lei. però, quando ripenso a noi due insieme, mi vengono in mente solo immagini di felicità assoluta.

– davvero? a me invece ogni tanto con michele capita l'esatto contrario.

– cioè?

– ma no, niente.

– ?

– ho scritto una sciocchezza, non ci fare caso. tua nonna faceva candire la frutta o la comprava già candita?

– se vuoi glielo chiedo.

– non ti preoccupare, è solo una curiosità.

– appena l'orecchio mi smette di bollire la chiamo. esco da una telefonata di UN'ORA E MEZZA con una cliente inviperita per il livello troppo basso del ristorante del suo albergo alle maldive...

– non le basta essere stata in vacanza?!

– a persone come lei non basta mai niente. dovresti vederla. hai presente la madre di Lui? ecco, più o meno è una tipa così.

– non mi parlare di Testa o Cuore, ti prego...

– mancano dodici giorni.

– sì.

– hai letto l'intervista a tea fidelibus sull'inserto di Repubblica?

– no!

– c'è anche online: dopo, se vuoi, ti mando il link.

– grazie.

– figurati.

– che dice?

– dice che sta valutando delle proposte come protagonista per altre fiction. ma che ora vuole prendersi una piccola pausa e fare un viaggio da sola.

– ieri ha comprato un repellente contro le zanzare e una crema doposole. andrà in un posto caldo... forse la thailandia.

– o magari le maldive!

– speriamo che non la deluda il ristorante del suo albergo e non ti telefoni per prendersela con te...

– ahahah.

– che tipo di fiction le hanno proposto?

– non lo specifica. a me personalmente piacerebbe vederla in un film per il cinema.

– sarebbe bello!

– giura che qualsiasi cosa succeda, anche se la mia agenzia verrà trasferita in lapponia, se tu avrai diciotto figli o se roma andrà in fiamme, noi quel film andremo a vederlo insieme. il primo giorno che esce nelle sale, al primo spettacolo.

– giuro su viola e gu.

– è stato un peccato che ieri tu non sia potuta venire al cineforum. il film era bellissimo, ti sarebbe piaciuto.

– di che parla?

– non ha una trama precisa, anzi, in effetti non succede quasi niente.

– ma se dici che è bellissimo?!

– infatti. il regista è michelangelo antonioni, un maestro, e gli attori sono pazzeschi, soprattutto monica vitti che è la protagonista. si chiama giuliana e ha questo malessere pazzesco dentro, al punto che ha tentato il suicidio, anche se non lo ammette e a tutti dice che ha avuto un incidente stradale.

– poveretta.

– sì. nessuno riesce a confortarla.

– qual è il suo problema?

– questo è il bello del film: non si capisce. a un certo punto dice che le fanno male i capelli, gli occhi, la gola, la bocca. tutto, insomma.

– le fanno male i capelli?

– sì. così dice.

– ma alla fine si riprende?

– non voglio raccontartelo io, devi vederlo. ti regalerò il dvd.

– grazie: gli unici dvd che ho nella mia videoteca ormai sono cartoni animati! ieri viola e gu hanno voluto vedere per la centesima volta peter pan... si sono messi in testa di essere michele e wendy, i fratellini che volano con peter, e sono certi che prima o poi partiranno per l'isola che non c'è! ormai il lettore è di loro proprietà.

– comprane un altro!

– dovrei.

– nel negozio sotto la mia agenzia ce ne sono di piccoli, che costano pochissimo. oppure puoi usare direttamente il portatile. certo, vedere un film di antonioni sul grande schermo è tutta un'altra cosa...

– però al cinema non puoi usare il tasto PAUSA.

– è così importante? a me piace che sia il film a dettare il tempo, mi rilassa sedermi al cinema e sapere che finché le luci sono spente io non posso fare niente, solo stare lì.

– ma se hai dei bambini è una grande comodità.

– cosa?

– spingere PAUSA quando gli serve qualcosa. così puoi pensare a loro, ma non sei costretta a perderti pezzi magari importanti del tuo film.

– questo è vero.

– è una grande invenzione, il tasto PAUSA.

– in effetti sì.

– fantascientifica, direi ☺

– ☺

– ciao, davide.

– ciao, erica.

1 melanzana
1 peperone
1 mazzetto di basilico
1 bustina di uva sultanina
1 litro di latte intero
2 pacchetti di lievito attivo fresco
150 grammi di stracchino
4 uova
4 hamburger di manzo
1 etto di prosciutto cotto
1 barattolo di anice in polvere
1 bustina di scorze d'arancia candite
1 flacone di Cif
1 pacchetto di salvaslip

Vado in bicicletta.

Respiro.

Vado in bicicletta.

Nuoto.

Vado in bicicletta.

Ancora respiro.

Dormo.

Vado in bicicletta.

Non ero mai stata così a lungo da sola, in vita mia.

Quando non me ne accorgo, scivolo in una vertigine soffice, che pare una promessa di pace.

Appena me ne accorgo, è come se qualcosa di freddo mi toccasse.

E mi spaventa tutto, dalle onde alle nuvole ai miei piedi.

Anthony mi chiama ogni mattina appena si sveglia e ogni sera, prima di andare a letto.

«Non tenere terrore, nessuno, never» dice. «Please, now vedi cose belisime e metti loro tutte dentro, addò te fa male.»

Riccardo non mi chiama mai e se lo chiamo non sempre risponde: da domani arriveranno le telecamere al teatro Valle e si comincerà a girare il programma.

Nena Saponari reciterà due brani, in costume *d'atmosfera*, ma la pianista suonerà un solo pezzo, anziché tre: almeno questo Riccardo è riuscito a ottenerlo.

Fa finta di no, ma è sempre più eccitato, spaventato, fibrillante.

Gli occhi gli si sono di nuovo accesi, li sento per telefono.

Quelle rare volte che riesco a parlare con lui, appunto.

E poi?

Poi c'è l'Africa.

Qui gioca a nascondersi da quello che le succede e che non le succede nei villaggi, alle spalle della spiaggia.

Ma, come sempre, fa il suo: rende all'improvviso impossibile quello che sono abituata a dare per scontato. Il bisogno di tutto che ho, la lusinga del niente, la mia idea del tutto, la mia idea del niente.

E stavolta fa anche di più. Rende all'improvviso naturale quello che a casa fino a quattro giorni fa mi pareva impossibile. Continuare ostinatamente ad amare Riccardo, non riuscire a fare a meno di Anthony, perdere un lavoro a cui tenevo tanto, non sapere chi sono, che ne sarà di me: è solo vita, mi suggerisce la mangrovia che s'arrampica sulla finestra del mio bungalow.

Solo vita.

Il tipo da cui sono in affitto ha più o meno l'età di mio padre, è italiano: via mail, quando ho prenotato, mi ha pregata di portargli della pasta Barilla e del parmigiano.

Glieli ho consegnati e mi ha ringraziata a malapena, io ho pensato guarda che stronzo, ma sto imparando che è semplicemente fatto così.

Sempre imbronciato, anche mentre ride.

Vive nel bungalow di fianco al mio, ha una moglie ragazzina, che si chiama Helena, e cinque figli.

Vanno a scuola ogni mattina e poi corrono sulla spiaggia finché non cala il sole.

Mangiano in continuazione, solo schifezze: gomme da masticare fluorescenti, merendine che sembrano fatte di colla, ciambelle alla banana che Helena non fa che friggere, con litri e litri di olio di semi.

Tutto il contrario dei piccoli della signora Cunningham, insomma, e delle loro scorze d'arancia profumate.

Ma anche loro sono Bambini Amati.

Si capisce da come, quando una scimmietta s'appende a testa in giù su un ramo della mangrovia, tirano il padre per la camicia e gli dicono "papà".

Certi, assolutamente certi, che a lui interessi più di ogni altra cosa al mondo vedere quello che loro vogliono fargli vedere.

1 BARATTOLO DI STRANEZZA

Quant'è caro, Michele.

A lui di "Testa o Cuore" non è mai importato niente.

Però sa che ci tengo tantissimo a quest'ultima puntata: e la vuole vedere con me.

Gu è già a letto, Viola a dormire dalla sua migliore amica.

Ho ordinato due pizze, una margherita e una capricciosa, e due birre.

Non l'avevo mai fatto, è stato divertente telefonare a questo Speedy Pizza. Me ne ha parlato Davide Morelli: poveretto, mi ha confidato che, anche se la sua fidanzata era anoressica e lasciava tutto nel piatto, ormai si era abituato a preparare da mangiare per due, e ora gli mette tristezza farlo solo per sé, con Billywilder che lo guarda.

Quindi per lui telefonare a Speedy Pizza non deve essere affatto qualcosa di divertente.

Dovrò evitare di dirgli che invece per me lo è stato.

È stato divertente anche apparecchiare il tavolino basso di fronte al televisore, che certo non è fatto per mangiarci su, e usare i cuscini del divano come sedie (cercando, naturalmente, di non sporcarli: ce li ha regalati mia suocera per l'anniversario, sono foderati in seta, e perfino i bambini stanno imparando a fare attenzione).

«Mi sembra di essere tornato ai tempi dell'università!» esclama Michele, quando arrivano le pizze.

Le taglio a fette sottili, le sistemo sui piatti, ci accomodiamo, se così si può dire, per terra, davanti alla televisione.

«Eccoci qua, con le nostre pizze e le nostre birre. Proprio come fossimo Tea Fidelibus e Riccardo Bruni.» Io.

«Chi?» Lui.

Alzo gli occhi al cielo, ma per scherzare: «Michele, Dio mio, possibile che tu non riesca a imparare i nomi dei personaggi famosi? Nemmeno dell'attrice che incontro al supermercato?!».

«Ah! La pazza.»

«Diciamo la strana, dai.»

«È questa qui, no?»

Certo che è lei. Attacca il violino, parte la sigla di "Testa o Cuore". E come sempre, ma mai più dopo stasera, parte su un primo piano di Tea Fidelibus. Come sempre con i bigodini in testa. Poi, come sempre, ecco il primo piano di Fabiano Lombardo: con la faccia stropicciata di sonno. Poi di nuovo la Fidelibus, vestita da sera, di nuovo Lombardo, in smoking, la Fidelibus in bikini, Lombardo con la barba sfatta. E intanto i titoli di testa scorrono sotto le loro facce, come sempre, e come sempre alla fine della sigla la Fidelibus e Lombardo si specchiano insieme, all'anta dell'armadietto del bagno, dove un rossetto rosa shocking si muove da solo e scrive: "TESTA O CUORE". Come sempre. Ma mai più dopo stasera.

«Adoro questa sigla.» Sospiro. «Mi piacerebbe sapere ballare solo per ballarla.»

«E balliamo» dice Michele. Si alza, mi mette le mani sotto le ascelle, fa per sollevarmi.

«Michele, dai, comincia la puntata!» Siamo qui, a cenare per terra, solo per questo momento: e ora lui che fa? Si distrae? Mi distrae?

Bah.

Torna a sedersi per terra, vicino a me.

«Fammi capire: il personaggio della Fidelibus è il Cuore e il maschio fa la Testa?» chiede.

«Tesoro, no. Poi ti spiego. Mangia la pizza, altrimenti si raffredda.»

Il rossetto rosa shocking scrive sullo specchio "CUORE".

Comincia la prima parte dell'ultima puntata.

Ecco, ci siamo. Penso.

E il cellulare mi fa bip.

È un messaggio: "Ci siamo. Ecco".

«È Viola?» vuole sapere Michele. È solo la seconda volta che dorme dalla sua migliore amica, non riusciamo ancora a stare del tutto tranquilli a saperla fuori casa.

«Sì. Dice che sta benissimo e ci augura una buona notte» rispondo. E perché l'ho fatto? Forse perché, va bene, siamo preoccupati per Viola, ma ora c'è "Testa o Cuore", e certo non è una figlia, è solo una puntata, però è comunque l'ultima, e Michele lo capisce che è importante, sennò non sarebbe qui, ma non lo sente, davvero e fino in fondo? Perché Davide Morelli e io oramai siamo telepatici e la cosa potrebbe iniziare a preoccuparmi? Perché sono semplicemente la peggiore delle mogli? La peggiore delle madri?

«... perché se ami una persona, se davvero dentro al tuo cuore oramai batte il suo, che senso avrebbe non passare tutta la vita con quella persona?» sta dicendo Lui, sullo schermo, con gli occhi negli occhi di Lei.

«Dio mio, Michele, mi sono persa: che è successo?»

«Quello lì, il maschio, ha chiesto alla tua amica attrice di sposarlo.»

Bevo un sorso di birra direttamente dalla lattina. Un altro.

Lei ha sgranato gli occhi trasparenti e ora sta roteando le pupille da tutte le parti, come solo Tea Fidelibus sa fare.

Finisco la lattina.

«È un no, Lei? È un forse?» incalza Lui.

«Vuoi passare tutta la vita con me, Lui, e ancora non hai capito che se rimango senza parole è perché l'unica che mi viene da dire è "sì", ma non sono abituata a dare soddisfazione tanto facilmente, soprattutto a un tipo disordinato, ritardatario, palloso, pericolosamente edipico come te, che però, si dà il caso sia il proprietario dell'unico cuore che batte dentro il mio?»

«Sparecchio.»

«Grazie Michele. Ma se vuoi faccio io, dopo.»

«No, non preoccuparti, dimmi solo se vuoi ch...»

«Ssh.»

Forse sono stata un po' sgarbata. Però pure lui! Dio mio.

«Scusa tesoro, ma è un momento decisivo.»

Non pare particolarmente turbato dallo ssh. Sparecchia, passa un panno sul tavolino per raccogliere le briciole, si sdraia sul divano, mi fa i grattini sulle spalle.

È fatta: Lei e Lui si sposano. Finalmente. Al matrimonio ci sono tutti, ma proprio tutti i personaggi che sono comparsi nelle tre stagioni della serie! L'ex di Lei, la madre di Lui, i genitori di Lei, le amiche, gli amici, perfino Anthony Fark.

Fanno un girotondo attorno a Lui e a Lei, sulle note della sigla.

E, visto dall'alto, si capisce che il girotondo è a forma di cuore.

Il solito rossetto scrive sullo schermo "UN ANNO DOPO...".

Ed eccoli lì. Lui, Lei e un piccoletto. Salgono su una station wagon, il piccoletto è in braccio a Lei. Nei sedili posteriori qualcosa si agita: è un cucciolo di cane, una specie di batuffolo nero, che prende a slinguazzare tutti e tre. Lui, Lei e il piccoletto. La station wagon si mette in moto.

Il rossetto scrive "FINE PRIMA PARTE".

Pubblicità.

Mi alzo da terra e mi sistemo anch'io sul divano. Intreccio le mie gambe a quelle di Michele.

«Tesoro, lo so che ti sembrerò una scema totale. Ma mi sono proprio commossa. Ti ricordi al matrimonio di tua sorella? Quel giorno mi hai detto: "Certo che è emozionante pensare che sti due sono fidanzati da quando facevano la terza media, e oggi sono marito e moglie". Ti ricordi? Ecco, ti sembrerà che esagero, ma per me il matrimonio di Lui e Lei è un po' la stessa cosa.»

«La stessa cosa del matrimonio di mia sorella per me?» Mi guarda, come guarda anche Viola o Gu quando pensa ci sia qualcosa che non riesce ad afferrare pienamente, e non sa se mettersi a ridere o preoccuparsi.

«Un po'.»

Si mette a ridere.

«Forse non credi che Lea Fidelibus sia pazza perché sei pazza pure tu» dice.

«Tea.»

«Che?»

«Si chiama Tea, Fidelibus.»

La pubblicità è finita.

Il rossetto scrive sullo schermo "TESTA".

Michele dice: «Di cavolo!».

Ride. Rido.

Silenzio il cellulare.

Controllo se Michele mi sta guardando: no, guarda la televisione.

Scrivo, veloce: "E adesso?".

Davide risponde: "Lo scopriremo solo vivendo... ti sei commossa prima, ci scommetto".

"Tu no?"

"Ti dico solo che sto guardando la tv a letto e uso le lenzuola come kleenex!"

"☺"

Intanto.

"Lei. Lei, Lei, Lei, Lei" Lui non fa che ripetere. E scuote la testa.

"Lui. Lui, Lui, Lui, Lui" gli fa eco Lei. E piange.

Sono seduti nella loro camera, ai piedi del letto. Si prendono le mani con le mani, se le stringono forte.

Parte una musica dolce, ma anche tristissima. Cominciano a scorrere sullo schermo tutte le immagini che non dimenticherò mai di questi tre anni di "Testa o Cuore". Lui e Lei alla Comune. Lui e Lei che corrono a Londra sotto la pioggia. Lui e Lei che usciti dalla terapia di coppia prendono in giro la psicologa con la erre strana e ridono, ridono. Che fanno stretching con Anthony Fark. Che si fumano una canna. Attraversano un fiume cinese in zattera. Si spalmano di Nutella. Sciano. Dormono abbracciati in una tenda.

Poi si torna nella loro camera da letto. Hanno ancora le mani nelle mani, strette.

"Ti amo come non ho mai amato nessuno" dice Lui.

"Anche io. E come sicuramente non potrò più amare nessuno" dice Lei.

"Anche io." Lui.

"Allora non ci rimane che una cosa da fare, no?"

"Certo."

"Certo."

Si alzano. Tirano fuori da sotto al letto ognuno un trolley, rosa quello di Lei, celeste quello di Lui. Escono di casa, prendono l'ascensore.

Si fermano sul portone d'ingresso. Si danno il più lungo dei baci della storia di "Testa o Cuore".

E?

No. Non è possibile.

Ma su.

Dio mio.

È uno scherzo!

«Michele, ti rendi conto?» Sono sconvolta. «Ti rendi conto?»

Michele non può rendersi conto di niente: s'è addormentato.

Il rossetto scrive sullo schermo "FINE".

Ma stavolta non mi viene da commuovermi. Solo da prendere a calci la televisione, mi viene.

Il cellulare comincia a vibrare: Davide mi sta chiamando!

Piano pianissimo mi sfilo da Michele e vado nel bagno dei bambini, che è dall'altra parte esatta della casa rispetto al salotto, mi chiudo a chiave.

«Pronto?»

«Sei scioccata?»

«Di più! Ma come è possibile. Come?»

«Fantascientifico...»

«Lui e Lei si lasciano! Davide! Si lasciano!»

«Solo nella parte "Testa", però. In quella "Cuore" rimarranno insieme per tutta la vita.»

«Ho capito, ma non va bene lo stesso! Quei due non possono, non possono separarsi per nessun motivo al mondo.»

«Il motivo l'ha detto Lui, dopo che si sono baciati, no? "Se si ama una persona così profondamente, l'unica scelta razionale possibile è lasciarla..."»

«"... perché la vita e il tempo usurano tutto, e soprattutto l'amore": sì, sì, ho ascoltato bene. Però non ci sto!»

«In effetti la pancia si è contorta anche a me quando Lui è andato in una direzione, Lei nell'altra, ognuno con il suo trolley...»

«È uno schifo.»

«Se ci pensi però, Erica, quale avrebbe potuto essere un finale giusto, per la parte "Testa"?»

«Non lo so, non lo so... però so che questo proprio non mi piace.»

«Guarda, a me invece ha colpito molto. L'unico dubbio che ho è se sia davvero il cuore che spinge due persone che si amano a sposarsi e a fare un figlio e se sia la testa che le spinge ad allontanarsi prima che la passione si consumi, o se non sia invece esattamente il contrario...»

«Cioè?», sto alzando troppo la voce, devo fare attenzione. Gu sta dormendo, dall'altra parte della parete. Michele sta dormendo, dall'altra parte della casa. Abbasso il tono e ripeto: «Cioè?».

«Cioè chi vive di emozioni forti, e dunque di cuore, non accetta facilmente i compromessi della vita di tutti i giorni, non si sposta volentieri dal piano dei sogni a quello della realtà...»

Dio mio, com'è profondo Davide Morelli. Io mica lo seguo.

«Non ti seguo.»

«Allora: secondo te sposarsi è davvero qualcosa di così sentimentale? E lasciarsi perché ci si ama troppo è davvero razionale?»

«...»

«Non potrebbe essere che la vera scelta di testa sia costruire una famiglia? Me lo chiedo. Tu che dici?»

Io che dico?

Dico: «Scusami, Davide, ma da qualche tempo il mio cervello è come sottovuoto».

«Sottovuoto?»

«Sì, insomma. Non riesco a seguire sempre perfettamente quello che dicono gli altri.»

«In che senso?»

«Un giorno te lo spiego... ma ora, per favore, puoi ripetere la domanda che mi stavi facendo?»

«Ti sei sposata di testa o di cuore, Erica?»

«Dio mio... e chi lo sa? Sia di testa che di cuore, credo...»

«Dunque sei d'accordo con me: ci vuole comunque testa, per rimanere assieme tutta la vita.»

«Mmh... forse ci vuole cuore per volerlo. E poi ci vuole testa per farlo.»

«Sei sempre illuminante, tu. E allora, magari, gli sceneggiatori di "Testa o Cuore" hanno avuto ragione... è un atto di testa sapere che non si avrebbe la testa per rimanere uniti anche quando la passione sconvolgente se ne va. Ed è un atto di cuore fregarsene di quello che succederà dopo.»

«Ok, ci sono: adesso ti seguo. Ho capito tutto.»

«Il cuore se ne frega, secondo te? O è convinto di farcela?»

«Di bastare a se stesso, intendi? Di prendere sempre tutta la forza che serve dal cuore dell'altra persona che gli batte dentro?»

«Che bella quella frase...»

«Davvero.»

«Davvero.»

«...»

«...»

«Dio mio, è mezzanotte.»

«Domani continuiamo su facebook?»

«Certo.»

«Sogni d'oro, Erica.»

«Sogni d'oro, Davide.»

Esco dal bagno, striscio fino alla porta, socchiusa, di Gu.

Dorme, con la boccuccia succhia la coda del suo tirannosauro di gomma.

Torno in salotto.

Anche Michele dorme.

Si sarà svegliato per spegnere la televisione, spegnere le luci.

Ma ora ha ripreso a dormire.

Mi siedo sul tavolino basso, dove abbiamo mangiato.

E nel buio che c'è che faccio, di nuovo?

Comincio a piangere.

Non sottovuoto, però: me ne accorgo subito di farlo.

E finalmente so anche che cosa, piango.

Piano. Pianissimo. Ché non si disturbi il sonno di nessuno.

Piango quei due trolley, uno rosa e uno celeste, che se ne vanno, ognuno per conto suo.

Ma piango anche il girotondo a forma di cuore.

Piango il tirannosauro di Gu. Piango tutte le volte che Davide ha chiamato e chiamerà Speedy Pizza. Piango il pigiamino con i coniglietti rosa che ho piegato e infilato nello zaino di Viola, stamattina. Piango Eros nella sua clinica. Mia madre a Formentera. Michele su questo divano.

Piango per Tea Fidelibus.

Che cosa farà, ora? Che cosa starà facendo?

Le darei un bell'abbraccio se adesso, in questo salotto, passasse col suo carrello mezzo vuoto.

Sì.

Un bell'abbraccio, le darei.

Le direi: "Per me sei fantastica".

E poi la implorerei.

Adesso, in questo salotto: sì.

La implorerei: "Ti prego. Dammi un barattolo, Tea Fidelibus. Un barattolo della tua stranezza, della tua eccezionalità. Dammelo. E riuscirò a essere come te. A scendere al supermercato in pigiama. Girare il tantissimo mondo che c'è. Ballare. Riuscirò a chiamarle a raccolta tutte qui, in questo salotto, su questo divano, le esistenze di cui parla Rachele, che potrebbero farci felici se non fossimo sempre alle prese con la nostra".

Tutte qui, sul divano, al posto dei cuscini di seta di mia suocera.

E così vedrò l'ultima puntata della mia prossima serie televisiva preferita con Michele. Che però non s'addormenterà, anzi: ne parlerà con me, esaltato più che se fosse Davide Morelli, e così i capelli non mi faranno più male. Come invece mi fanno.

«Erica.»

Michele sussurra.

«Erica.»

Mi giro verso di lui, al buio non può accorgersi della faccia che avrò in questo momento, del rimmel colato, degli occhi rovinati: ci manca solo che mi veda così, dopo quella considerazione assurda sul matrimonio di sua sorella. Dio mio. Tiro su col naso, perché la voce non mi tradisca.

«Dimmi, amore.»

«Piangi?»

«Figurati. Sono solo un po' raffreddata.»

Silenzio.

E buio.

E silenzio.

Avrà ricominciato a dormire, penso.

Invece: «Dobbiamo parlare, Erica». Sussurra: «Non ora. Ma dobbiamo parlare».

Quattro etti d'amore

Saranno le tre del mattino. E il cellulare prende a suonare, ossessivo. E il cuore mi prende a battere, pazzo.

«Riccardo? Oddio, che succede?»

Nel bungalow dalle dieci di sera alle sei del mattino non c'è corrente. Vorrei accendere una luce, ma niente. Aiuto. Aiuto, aiuto.

«Ti devo parlare.»

È morto mio padre? È morta mia madre? Chi è morto, Riccardo? Tu no, perché stai parlando, ma forse stai male? Oddio Riccardo. Bamore mio.

«Stai male? Riccardo, ti prego parla: che succede?»

«Succede che oggi mi hai telefonato sedici volte.»

Ha una voce che non riconosco. È come fosse anche lei senza corrente. Staccata. Da me, da noi. Da se stesso.

«Sedici volte. Sedici.»

Ancora non la riconosco questa voce.

«Non mi rispondi da due giorni, Riccardo e io...»

«Appunto.»

«Appunto cosa?» Il buio, quella voce, io qui, lui lì, lontanissimi: urlo. «Cosa?»

«Stai calma, prima di tutto.»

«Calma?»

«Sì. È questo il punto, Wendy. Bisogna stare calmi, nella vita. Essere alti e leggeri.»

«Che cazzo stai dicendo, Riccardo?»

«Sono andato via, Wendy.»

«Hai mandato all'aria il programma in televisione? Ma chi se ne frega, bamore, su, prendi un aereo e raggiungimi qui, è un posto magico che...»

«Sono andato via da casa, Wendy.»

Sono andato via da casa, Wendy. Sono andato via da casa. Via. Da. Casa. Wendy.

«Non ho sentito.»

«Ieri ho fatto sesso con una donna. Per tutta la notte, capisci? No che non puoi capire, tu.»

«Riccardo.» Non riesco nemmeno più a urlare. Nemmeno a piangere, riesco. Solo a dire: «Riccardo. Riccardo».

«Tu! Tu. Tu mi avevi convinto che non sarei stato più capace di farlo.»

«Io?»

«Tu. Con quella foga di vivere assurda, quella fede nelle soluzioni, quella tua eccezionalità che sbatti in faccia al mondo come fosse un ricatto...»

«Ma sei tu che hai sempre detto che il sesso non era così importante e... e poi... e adesso...» Adesso sì: piango. Come non credevo di sapere piangere. Non sono lacrime queste, però. Sono pietre. È pus. È sangue. «Comunque, ok. Ok, ok, ok Riccardo. Sei andato a letto con un'altra donna: ti perdono. Magari, chi lo sa, ci farà perfino bene, ti ricorderà che sei vivo, ci ricorderà che siamo...»

«Il problema non è Nena, Wendy.»

«Nena?»

«...»

«Nena, Riccardo? Nena Saponari?»

«...»

«Riccardo, tu hai tradito tua moglie con Nena Saponari?»

«Pensa quanto poco mi dava, mia moglie.»

«Ma Nena Saponari è...»

«Lo so, Wendy. Lo so. Alle prime riunioni, ogni volta che dicevo una cosa, che facevo una battuta, lei rimaneva immobile, zitta, mi guardava con quel visino lì, con quello sguardo umido, bovino, e io ero tentato, ma pensavo: no, non posso farlo. Poi l'ho fatto. Ci sono uscito una sera. Due sere. Tre. E sai cosa, Wendy? Mi sentivo bene.»

«Riccardo. Riccardo. Riccardo.»

«Io ho bisogno di accondiscendenza, Wendy. Di tenerezza. Non della violenza della tua stranezza.»

«Ma io vivo per te, Riccardo!» Non è nemmeno un urlo, questo che mi è uscito ora. È l'ultimo appello di un condannato. È un barrito. «Vivo per te.»

«E allora perché te ne sei andata in Kenya, se vivi per me?»

«Basta che io mi allontani dieci giorni, che per una volta faccia qualcosa solo ed esclusivamente per me, e tu non ti senti più amato? Ma chi sono io, Riccardo? Il cane da guardia di una storia che altrimenti va a puttane, anzi: peggio, a groupie?»

«Ma allora perché, Wendy. Perché da un anno mi facevi sentire tanto solo?»

Dunque lo sa. Lo ha sempre saputo.

«Dunque lo sai. Lo hai sempre saputo.»

«Cosa?»

«Sai di Anthony.»

«Anthony? E questo chi è? Che cos'è? Un trucco per farmi ingelosire? Wendy, basta con le stronzate. Basta con la guerra. È finita, capisci? Finita. Io non ti desidero più. Non ti amo più.»

«È la prima volta che lo dici.»

«Che?»

«Ti amo.»

«Ho detto che non ti amo. Non ti amo più.»

«E il bamore, Riccardo? Tutto quel bamore, dove lo metti?»

«Io ti bamerò per sempre, Wendy. Ammesso e non concesso che io abbia un'anima, solo tu l'hai raggiunta e nessuno potrà raggiungerla mai più. Ma ti rendi conto in che cosa avevi trasformato la nostra vita? E tutto perché? Per la tua ansia di esistere. Di dire all'improvviso la tua. Crescere. Metterti contro di me.»

«Contro? Riccardo, no, no, questo non puoi dirlo.» Questo non può dirlo. «Io ti amerò forse male, ma ti amo. Volevo solo aiutarti, scuoterti...»

«Col metodo Fidelibus, certo. Ma la coppia non è un'azienda di famiglia, non si mira all'ottimizzazione. Per me stare insieme è solo decidere di lasciarsi dolcemente morire l'uno accanto all'altra. Volevi aiutarmi? Avresti dovuto continuare a farmi sentire giusto e compreso, anche con il mio umore tremendo, con il mio odio per la vita. All'inizio lo facevi.»

«Ero una ragazzina psicopatica, Riccardo...»

«E quanta nostalgia ho avuto, di quella ragazzina, Wendy. Quanta. E ora...»

«... ora ti senti di nuovo forte, sei di nuovo sopra a un palco: di' la verità, Riccardo. È questa, la verità. Ti senti di nuovo forte e all'improvviso io non ti servo più a niente, addirittura un peso, sono diventata... Riccardo. Riccardo, Riccardo. E allora l'Isola? Eh? L'Isola?»

«Quale isola?»

«L'Isola Che Non C'è, Riccardo... la nostra isola.» Mi si spacca la voce, mi si spacca il cuore, mi si spacca la testa, mi si spacca tutto, tutto tutto.

«Cos'è questo tono da funerale, Wendy! Sì, hai ragione, finalmente non mi sento più quella ruota di scorta che mi sentivo con te, da quando hai voluto fare la star. Ma augurami felicità, Cristo. Me la merito, no? Siamo alti, siamo leggeri. Forza!» Adesso la voce non è solo staccata da me, da noi, da sé. È dura, è pazza, taglia, prende a calci, uccide. «E ti prego, un'ultima cosa: fosse solo per ricambiare tutto quello che ti ho dato in questi anni.»

«...»

«Non fare scenate, quando tornerai in Italia. Siamo una coppia pubblica ormai, io e te. Fra nemmeno due settimane comincia il mio programma. Anche Nena ci consiglia di fare attenzione, perché...»

Attacco il telefono.

Lo spengo.

Mi alzo dal letto, inciampo in non so che cosa, devo uscire, uscire da questo bungalow, uscire da questo che sicuramente è un incubo, sicuramente sicuramente sicuramente è un incubo. O comunque devo uscire dal mondo, se questo non è un incubo.

Sulla spiaggia non c'è nessuno, nemmeno una scimmietta, nemmeno la luna.

E, chissà perché, vorrei solo abbracciare la signora Cunningham.

Adesso. Qui.

Vorrei che passasse su questa spiaggia buia, col suo carrello pieno.

"Ce l'hai lì dentro, no?" le chiederei, mentre le gambe non mi reggono più, e cado in ginocchio, sulla sabbia. "Mezzo chilo d'amore da darmi. Ce l'hai?"

Anzi no, facciamo quattro etti. Mi bastano. E a tutto l'amore che hai tu non tolgono niente. No? Su, ti prego. Dalli a me. Ti prego. Dammeli. Oggi. Ora. Quattro etti d'amore, grazie.

«Grazie, grazie, grazie, grazie» continuo a ripetere, mentre mi rotolo nella sabbia, non so che cosa sto facendo, vorrei solo essere morta, non essere mai nata, essere Nena Saponari, essere una mangrovia, non essere me, non essere, finché due braccia mi prendono per le spalle, mi tengono ferma.

«Signora Cunningham?» chiedo.

«No.»

No: non è la signora Cunningham. È il mio affittuario.

Mi aggrappo a lui, gli affondo le unghie nei polsi: «Ce l'hai?».

«Cosa?»

«Quattro etti d'amore? Per me? Ce li hai?»

E gli crollo addosso. Forse piangendo, forse no, che differenza fa.

Lui accende una torcia, rivedo le mie gambe, le braccia, le sue.

Mi sostiene fino a un dondolo, sul patio del suo bungalow, mi aiuta a sedermi lì, mi carezza la schiena, mi dice forza, ripete forza e ancora: forza.

Poi: «Ora la aspetta un periodo terribile, signora Fidelibus. Le lacrime si sveglieranno con lei, il bisogno di vomitare prima. Passeranno mesi, ma questo dolore non passerà. Però si fidi. Un giorno aprirà gli occhi. Forse si ritroverà ancora le lacrime per la faccia, il vomito in gola. Comunque sentirà di essere sopravvissuta. E sarà una grande scoperta. Una grande, grandissima scoperta. Da cui ricominciare».

Come fa a sapere che cosa mi è successo? Strillavo così tanto mentre parlavo con Riccardo? Come fa? E come fa soprattutto a conoscere queste cose?

«Come fa a conoscere queste cose?»

Continuo a rimanergli aggrappata. Come a un papà, come a una verità.

«Avevo un amore, tanti anni fa. Anche una moglie, avevo. Ma soprattutto un amore. E forse, dalla testa di cazzo egoista che sono, non ho mai lasciato mia moglie proprio per non rovinare la perfezione di quell'amore. Mi segue?»

Lo seguo. Credo. Non so. Non so più niente.

Continua: «Poi ho avuto dei casini sul lavoro. Casini seri. E sono arrivato a Mombasa. Ho incontrato Helena, che non aveva niente. Io avevo tutto. Perfino un processo in Italia da evitare».

«E la donna che amava?»

«Non avrei mai potuto trascinarla nello scandalo dove ero finito. Mia moglie, poveraccia, l'ha dovuto subire con me. Ma lei... lei da me non aveva mai avuto quello che desiderava, lei non portava il mio cognome, perché a quel punto avrebbe dovuto soffrire ancora, e ancora per colpa mia?»

Il mare è arrabbiato: solo adesso riesco a ricordarmi che c'è pure lui, stanotte.

Le onde si prendono a schiaffi.

Nel buio impossibile che c'è.

Nel male impossibile che fa.

«La ama ancora?»

«La amerò per sempre.»

E guarda il mare, con quel suo broncio che nemmeno adesso, soprattutto adesso, lo abbandona.

«Ha figli, in Italia?»
«Una figlia, con mia moglie. Con la donna della mia vita ne ho uno. Uno e mezzo, a dire la verità.»
«La vita è una stronza.»
«Anche noi mica scherziamo.»

Niente

"LA VIDA ES LOCA Y MARAVILLOSA" ha scritto mia madre stamattina, sul suo profilo facebook.

Anzi, suo e di Alejandro.

Lo hanno aperto qualche giorno fa, quando hanno deciso di dare una festa con i loro amici: quelli che abitano a Formentera per tutto l'anno, quelli che anticiperanno apposta le vacanze, quelli che capiteranno per caso nei boschi, al faro, al porto.

Si chiama "El pirata y la princesa", il loro profilo facebook, e si chiamerà così la festa. La daranno a un chiringuito che si chiama, pure quello, Pirata. Ma Alejandro è proprio così, dice lei: «Un pirata, uno che amava solo il mare, capisci Erica? Come io, da vera *princesa,* amavo solo il principe che stavo aspettando. Poi ci siamo incontrati: e lui ha scoperto che qualcosa poteva intrigarlo più del mare, io ho scoperto che non aspettavo un principe. Aspettavo lui: un pirata! È questo, che vogliamo celebrare. Tutto questo. E alla fine della festa ci faremo un altro tatuaggio, stavolta nell'interno coscia. Siamo pronti per il nome intero, lui il mio, io il suo».

Potrebbero sposarsi, a questo punto, dico io: no?

Mia madre ne ha fatte tante, ma nessuna che somigliasse a un matrimonio. Alejandro, a quanto so, prima di essere il fidanzato di mia madre, oltre ad amare il mare, era solo il figlio dei suoi genitori.

«Il matrimonio porta male, Erica» ha ribattuto mia madre, quando le ho detto come la pensavo. «Fosse solo perché lo fanno tutti.»

«Se lo fanno tutti evidentemente ci sarà un motivo, mamma.»

«Forse che all'essere umano piace portarsi sfiga da solo?»

Michele e io continuiamo a rimanere perplessi.

Ma stamattina, quando ho letto quella cosa lì, che la vita è pazza, però è meravigliosa, e Michele era appena uscito per andare in banca, i bambini erano appena usciti con lui per andare a scuola: be'.

Una specie di gas a colori s'è infilato nel sacchetto del sottovuoto, non so come dire.

Qualcosa di buono ha preso per un attimo il posto dell'aria viziata che mi ottura il cervello, ecco.

E mi è venuta dentro come un'allegria.

Così ho messo *mi piace* sul post di mia madre.

Così sono andata su quella bacheca.

– ciao rachele! è da tanto che non ci si sente. come va? erica.

Le ho scritto.

Poi sono corsa da casa al lavoro, dal lavoro sono corsa all'asilo di Gu, dall'asilo di Gu sono corsa a casa, da casa sono corsa a fare la spesa.

E un taxi si è parcheggiato proprio di fronte al supermercato.

È scesa Tea Fidelibus!

Proprio lei.

Anche se ho faticato un po' a riconoscerla: era magra, ma non come è magra lei di solito.

Magrissima, era. Ma appunto: non magra bella. Magrissima e basta.

Spero non si sia presa una di quelle malattie fetenti che ci sono in quei Paesi lontani dove va lei. Sicuramente bellissimi quei Paesi, ci mancherebbe. Ma pericolosi.

Aveva un bikini nero, semplicissimo, e un copricostume, una camiciola trasparente con le frange, macchiata di scuro su una manica: tutti l'hanno guardata, Gu mi ha tirato la gonna e la indicava col ditino, e certo non perché era Tea Fidelibus, ma perché dove è stata lei forse sarà pure già estate, ma qui siamo ancora ai primi di maggio, l'aria si è fatta più tiepida, sì, ma non fa così caldo da mettersi mezzi nudi!

Con le infradito ai piedi, poi.

È entrata con uno zaino più grande di lei sulle spalle, ha girato per gli scaffali, mi ha guardata.

Cioè: mica ha guardato me, figuriamoci. Ma fra tutte le cose su cui le si sono posati gli occhi c'ero anch'io. Tutto qui.

Avrà fatto il giro del supermercato per tre volte, almeno.

E alla fine è uscita.

Senza comprare niente.

Io sono corsa dal supermercato a casa, ho controllato facebook, Rachele non aveva ancora risposto, sono corsa da casa alla parrocchia per prendere Viola a catechismo: e, quando sono tornata, sulla mia bacheca c'era un messaggio di Davide Morelli con il link di un'altra intervista a Fabiano Lombardo. Ma di Rachele nessuna traccia.

Il pomeriggio a quel punto è proprio impazzito, Viola aveva ancora tutti i compiti da fare, Gu non ne voleva sapere né di dormire né di guardare la televisione né di fare qualsiasi cosa non fosse essere il peggiore dei Gu, Michele a cena ha trovato il filetto troppo cotto, Viola l'ha trovato troppo crudo, Gu non ha mangiato nemmeno una foglia, una foglia di spinaci, Viola e Gu volevano vedere il loro solito dvd, Michele voleva vedere non so quale partita, Viola se l'è presa con Michele, Michele con Gu, Gu con tutti.

E finalmente è arrivata l'ora di andare a dormire.

Finalmente mi infilo a letto, accanto a Michele.

«Buonanotte» dice lui.

«Ho dimenticato l'acqua» dico io.

Ma è una scusa per potere controllare di nuovo la mia bacheca.

Vado in cucina, accendo il computer.

Mi collego.

Niente.

C'è un altro messaggio di Davide Morelli:

– hai visto il video che ti ho mandato?

chiede.
Gli rispondo.
Mentre Rachele non ha risposto. Non risponderà.

Tutto

... Naturalmente, una volta a casa Darling, i Ragazzi Smarriti andarono a scuola: dopo una settimana capirono subito che sciocchi erano stati a non rimanere sull'Isola Che Non C'è; ma adesso era troppo tardi, e presto si sistemarono in modo da diventare normali come voi o me o Tizio o Caio. È triste dover dire che perdettero a poco a poco la capacità di volare. Mancanza di esercizio, dissero; ma in realtà volevano dire che non credevano più di poterlo fare. Michael ci credette più a lungo degli altri, benché essi lo canzonassero; e così si trovò con Wendy, quando Peter andò a trovarla, alla fine del primo anno dopo il suo ritorno a casa Darling. Quando Wendy volò via con Peter indossava la gonnella tessuta con foglie e bacche dell'Isola Che Non C'è, e il suo solo timore fu che egli si accorgesse di quanto le era diventata corta; ma egli non se ne accorse mai, aveva troppe cose da raccontare di sé. Aveva pregustato tanto l'acuto piacere di chiacchierare con lui del tempo passato, ma le nuove avventure avevano scacciato le vecchie dalla sua mente.

«Chi è il capitan Uncino?» egli domandò con interesse, quando lei gli parlò del grande nemico.

«Non ti ricordi» gli domandò stupefatta «di come lo hai ucciso salvando le nostre vite?»

«Appena li ho uccisi dimentico» egli disse con noncuranza.

Wendy si dolse pure accorgendosi che l'anno avanti era per Peter come il giorno avanti; e a lei era sembrato, nell'attesa, un anno così lungo! Ma Peter era affascinante come sempre, e ci fu una piacevolissima pulizia di primavera nella casina in cima agli alberi.

L'anno dopo egli non tornò. Lei aspettò con un abito nuovo perché quello vecchio non si abbottonava più; ma Peter non venne.

«Forse è malato» disse Michael.
«Ma lo sai che non è mai malato.»
Michael le andò molto vicino e le sussurrò, con un brivido: «Wendy, forse egli non esiste».

Strano, davvero: non l'avevo mai letto, il libro originale di James Barrie.
Peter e Wendy.
Lo faccio solo adesso.
Adesso che Riccardo non c'è più.
Sono passati quattro mesi, da quella notte in Kenya.
Sì.
Senza curarsi del fatto che io non riuscissi a sopportarlo, sono passati.
Quattro mesi.
Quello che non dimenticherò mai è.
Helena che mi tiene la fronte, mentre vomito ogni mattina sulla spiaggia il frullato di banana che non riesco a buttare giù.
La hostess del volo da Mombasa a Addis Abeba, dove ho fatto scalo: vede che mi verso addosso il caffè apposta, per ustionarmi un braccio, e mi propone di andare a casa sua, anziché aspettare il volo per Roma da sola, in aeroporto.
Sono i disegni della figlia della hostess di Addis Abeba, appesi alla porta di quella cucina di Addis Abeba, che non dimenticherò mai. In uno ci sono lei e la mamma, in un altro lei, la mamma e il papà, in un altro ancora lei, la mamma, il papà e un sole con il muso da gatto.
Quello che non dimenticherò mai è l'aeroporto di Roma: spio dietro alle colonne, dietro a ogni taxi, a ogni cartellone pubblicitario, ma no. Riccardo non c'è. A dirmi guarda Wendy che è tutto uno scherzo, ora andiamocene a casa, su: Riccardo non c'è, non c'è Riccardo.
Quello che non dimenticherò mai è il tassista che dall'aeroporto mi porta a casa.

«Mi manca "Testa o Cuore", signori'» dice. «Tornate, essù. Tanto tutti se ne vanno, ma poi tornano!»

Quello che non dimenticherò mai è il terrore, una volta sotto casa, di salire a casa.

È il bisogno di prendere tempo, di fare un giro, due giri, tre giri al supermercato, prima di salire.

È il carrello della signora Cunningham pieno di tutto.

È la chiave che apre la porta.

La porta che si apre.

Sono i vestiti di Riccardo, sparsi per l'ingresso, sparsi per il salotto, la cucina: e quello che non mi dimenticherò mai è il pensiero. Sì! Allora è stato uno scherzo, lo sapevo! Altrimenti se li sarebbe portati via, i vestiti! Mica li avrebbe lasciati qui, tutti per aria.

Quello che non dimenticherò mai è il cellulare di Riccardo che suona, a vuoto. Lo chiamo dal mio cellulare, dal telefono di casa, dal mio cellulare nascondendo il numero, ancora dal telefono di casa, ancora dal cellulare. Niente. Ma dopo ventisette ore dal mio arrivo a Roma, ecco un messaggio: "Bentornata, Wendy! Spero tutto ok. Scusami, ma sono incasinato con il programma. Un bacio e ricordati: siamo alti. Leggeri".

Quello che non dimenticherò mai è Fabiano che si trasferisce a casa mia, mi prepara da mangiare, mi riempie la vasca per fare il bagno, mi parla anche se non gli rispondo, mi ascolta anche se non gli parlo.

È Anthony che telefona a Fabiano tutti i giorni e tutti i giorni si raccomanda se lei vuole io sto ccà, quando lei vuole, se, come, dove vuole.

Sono le lacrime che si svegliano con me.

Il bisogno di vomitare che si sveglia prima.

È la porta che si apre quando entra Fabiano, si chiude quando esce, si chiude quando esco io, si apre quando entro: ma non si apre e non si chiude mai quando entra o esce Riccardo.

Perché Riccardo non entra, non esce.

È il divano di Riccardo senza Riccardo che non dimenticherò mai.

Il bagno di Riccardo senza Riccardo.

Lo spazzolino di Riccardo senza Riccardo.

Le pillole per la pressione, il tabacco, le giacche invernali, le magliette, le mutande di Riccardo: senza Riccardo.

Non dimenticherò mai la prima persona che mi dice non so come dirtelo, ma ieri a una cena ho visto Riccardo che si baciava con una, e non eri tu.

Non dimenticherò mai la seconda persona che me lo dice, la sesta.

Non dimenticherò mai l'intervista per il lancio del programma di Riccardo, la presentatrice di quel tremendo contenitore pomeridiano che gli domanda: «È sposato con Tea Fidelibus, giusto?», lui che risponde con una rassegnazione sorridente, buffa: «Sono soprattutto uno che crea e distrugge, io: creo e distruggo: puff!». Fa un gesto con la mano e aggiunge: «Comunque al momento sono molto felice».

Non dimenticherò mai la faccia di Nena Saponari, quando la incontro negli studi dove sono costretta a andare per un provino e lei abbassa gli occhi bovini, pensando aiuto, che brutta figura, povera me, questa non ci voleva.

Non dimenticherò mai il provino che non riesco a superare.

Il regista che mi dice fai questa cosa così, quest'altra, ma io niente: non lo ascolto, non ci riesco. E guardo la sua bocca che si muove.

Le bocche degli altri: non le dimenticherò mai.

Evidentemente parlano, ma io non capisco che cosa dicono, vedo solo queste cose rosa, terrificanti, che si piegano a O, a U, a I, A.

Perfino le parole buone, quelle amiche, di chi ce la mette tutta per riempire il buco che lascia un abbandono così, non le capisco.

Solo adesso comincio a realizzare che almeno non le ho perse.

Le avevo solo nascoste in una tasca, dentro, all'altezza della pancia: così anche loro, no.

Non le dimenticherò mai.

«Quello là fa tanto il filosofo ma in fondo in fondo è una soubrette. C'aveva rabbia del successo tuo, così mo' che pure lui c'ha mezzo riflettore acceso addosso, zac, t'ha voluta sfregiare. Ma mica fa l'amore con quell'ameba: no. Sta a fare l'amore con se stesso.» Natalia, la truccatrice.

«Si tratta di uno shock reattivo da trauma. Potrei darle un antidepressivo, ma preferisco cominciare con uno stabilizzatore per l'umore. Seroquel: due pastiglie ogni sera, un'ora prima di coricarsi. Asciugherà la violenza dell'angoscia che prova, vedrà: per tutto il resto, cose come il benessere intendo, c'è tempo.» Lo psichiatra.

«E va bene, anche tu avrai fatto i tuoi errori. Lasciarti mentre eri sola in Kenya e poi sparire però è troppo. Troppo. Una cosa da ritirargli la carta d'identità di essere umano.» Fabiano.

«Se si sta insieme molti anni ci si può tradire, ci si può allontanare. Ma è fondamentale interiorizzare l'altro. Proteggerlo, anche e forse soprattutto da noi stessi: non mi pare che suo marito lo sappia fare.» Una signora con gli occhi buoni e una nuvola al posto dei capelli, sul treno per Matera, dove ho passato agosto con i miei.

«Per fortuna non avete figli.» Mia madre.

«Né per te, né per lui gli altri esistono realmente. Per te esistono solo i sentimenti che ti provocano, per lui solo i pensieri. Che progetto familiare sarebbe mai stato possibile, fra due persone così, ognuna presa solo da sé?» Mio padre.

«Se è un uomo così difficile, i suoi problemi torneranno presto a rovinargli la vita. Solo che a quel punto vicino a lui non ci sarai tu. Ci sarà questa tizia: come hai detto che si chiama?» Il controllore sul treno di ritorno da Matera.

Hanno tutti ragione: come sempre.

Non lo dimentico mai.

Come sempre hanno torto, tutti.

Mai lo dimentico.

Per me l'unica verità possibile è in questo libro, è su quell'isola.

Perché è vero, Riccardo aveva ragione: Wendy non lo fa apposta ma lo fa, e cresce.

Torna a casa Darling: è nella sua natura.

Però non smette un solo istante di amare Peter Pan.

Anzi. Lo invita a Londra, lo vuole lì con sé, ci pensa in continuazione, si vergogna quando la gonna di foglie e bacche con cui lui era abituato a vederla comincia a starle corta: ed è Peter che a un certo punto si scorda di andarla a trovare.

Riccardo il libro l'ha letto, ma questo non me lo aveva mai detto.

È Peter: è Peter che abbandona Wendy.

Eppure neanche lui lo fa apposta.

No.

È nella sua natura.

1 CANDELA AL MUSCHIO BIANCO
1 BOTTIGLIA DI FALANGHINA

"... dunque James Barrie era un uomo solitario, un emarginato psicologico e non è un caso che i suoi libri, cosiddetti per l'infanzia, abbiano invece solidi fondamenti nell'angoscia, nel mito puerile di essere persi una volta per tutte al momento della nascita, segnati da una perdizione che solo la madre potrebbe stornare, ma non stornerà. Basterebbe questo per fare dei libri di Barrie dei classici sull'angoscia post partum: ma nella ferocia del suo protagonista, che proprio chi gli è più caro gli scatena, c'è di più..."

Me lo facevo più, come dire?, tenebroso, il marito di Tea Fidelibus.

Invece è un professore grassoccio, di una certa età, con l'aria tranquilla: però molto colto, per carità.

Quest'estate, al lago, non ho avuto modo di vedere nemmeno una puntata del suo programma, ma Davide Morelli me ne ha parlato benissimo e dice che le critiche sui giornali sono tutte meravigliose.

Se ho capito come funziona, ogni volta il marito di Tea Fidelibus parla di un grande scrittore, poi una pianista suona una canzone che c'entra con i libri dell'artista e un'attrice recita dei brani.

Stanotte va in onda l'ultima puntata e tocca a uno che si chiama James Barrie.

– chi è?

chiedo subito a Davide. Ci siamo dati appuntamento su facebook per commentare, come posso dire, in diretta.

È tornato a casa già due settimane fa: ha fatto un giro da solo, in bicicletta, per i castelli della Germania e non vedo l'ora che mi racconti tutto, dai messaggi che mi ha scritto mentre era via credo sia stato un viaggio fantastico.

Noi siamo tornati oggi pomeriggio.

Come al solito, dopo un mese al lago, i bambini non ne volevano sapere di lasciare i cuginetti e gli amici con cui hanno fatto i matti. Quest'estate, poi, Viola ha avuto anche una specie di fidanzatino: si chiama Giorgio, è un bambino delizioso. Gli ha voluto telefonare dopo cena, non smetteva più di chiacchierare e Gu, figuriamoci!, le strappava il telefono dalla mano, strillava, non accettava di essere escluso da quello che gli sembrava solo un gioco bellissimo di sua sorella.

Ma ora è mezzanotte, finalmente dormono.

– james barrie è quello che ha inventato peter pan.

– non era walt disney?

– ahahahah! quanto sei forte, erica.

– ahah!

Non era una battuta, ma a ridere non si sbaglia mai.

Purtroppo non ho riso come rido sempre quando siamo al lago, durante queste vacanze.

Eh no.

Un po' perché il sottovuoto si metteva sempre di mezzo, un po' perché Michele era così cupo, di malumore. Anche le sue sorelle glielo facevano notare: che hai, Michele? Niente, roba di lavoro, rispondeva lui. E guai a chiedergli di più. Fa sempre così, quando in banca qualcosa non va: se la vuole vedere da solo.

– che ne pensi? ti piace?

– abbastanza... la pianista è molto brava, e We are the world è sempre una canzone che mi emoziona tanto.

– vero, e con la storia di peter pan ci sta benissimo.

– anche l'attrice è carina, sta bene vestita da campanellino. ma Testa o Cuore era un'altra cosa...

– be', sono due generi di programma molto diversi.

– certamente.

– riccardo bruni è un pozzo di scienza.

– sì.

– però c'è qualcosa in lui che non ti convince... vero?

Come mi conosce Davide.

– come mi conosci! no, non è che non mi convince... è che lo trovo...

– ... un po' noioso!

– ☺ ecco. insomma, non gli sembrerà vero di essere sposato con una come tea fidelibus!

– questo è sicuro.

– oggi pomeriggio appena siamo tornati a roma siamo andati a fare la spesa tappabuchi, come la chiama viola: quella del rientro dalle vacanze, hai presente?

– mica tanto...

Oddio, che brutta figura: non può avere presente quel tipo di spesa, Davide. Lui vive da solo, poveretto. Per carità, c'è Billywilder. Ma per un gatto finita l'estate non c'è bisogno di spese tappabuchi. Certo che no.

– non è niente di che, anzi, a dirla tutta è una bella rogna.

Provo a rimediare. E cambio subito discorso:

– comunque l'ho incontrata!

– tea fidelibus?

– sì. era da prima dell'estate che non la vedevo più. finalmente mi sembra tornata in forma, poveretta, dopo la batosta per Testa o Cuore... aveva un vestito chiaro che le stava una meraviglia, i capelli tirati su a cipolla, come li teneva Lei al matrimonio... ha comprato poco e niente, al solito, ma adesso che vedo suo marito capisco tutto: forse vuole aiutarlo a mettersi a dieta, e...

E.

Non lo sento arrivare alle spalle.

Vedo direttamente il mio portatile che vola, per il salotto.

Si schianta contro la finestra.

Spacca il vetro.

Finisce sul terrazzo.

O forse cade giù.

Sento solo il rumore che fa.

È il rumore più forte del mondo.

Ma ancora più forte Michele urla: «Ora basta, per Dio». E più forte ancora ripete: «Basta!». Mai, mai l'ho visto così. Mai l'ho sentito. Mai: «Io rivoglio mia moglie. Rivoglio che i miei figli abbiano la loro madre. Rivoglio la nostra vita, cazzo». Mai. Mai, mai mai così. Mai. «D'accordo, la rapina ti ha sconvolta. D'accordo, ci hai fatto passare un anno di merda, con un fantasma che girava per casa al posto tuo. Potevo sperare almeno nell'estate? Sì, ci ho sperato. E invece è stata ancora più di merda dell'anno di merda.»

«Ma a me... a me sembra che... che siamo stati come al solito, a parte...» balbetto.

«Come al solito? Come al solito, Erica? E quando siamo andati a comprare l'amaca nuova per il patio? Te lo ricordi, sì? Perfino il proprietario del negozio mi ha preso in disparte e me l'ha chiesto. La signora si sente bene?, mi ha chiesto. Perché sembravi una rimbambita, lui ci ha fatto vedere tre modelli diversissimi: e tu? Tu dicevi sì a tutti, uno valeva l'altro! Non te ne fregava un cazzo. Della nostra amaca. Del nostro patio. Di niente. Non ti frega più un cazzo di niente.»

«Michele...»

«Che c'è? Che c'è, Erica? Tu non mi vedi più, non ci vedi più. Dov'è finita la donna che ho sposato? Chi è, questa deficiente che sa solo stare attaccata a quel maledetto coso?»

«Michele» riesco solo a dire: «Michele».

«Ti manca qualcosa? Che cazzo ti manca, Erica? Che cazzo vuoi?»

«Michele.»

Esce di casa, sbatte la porta.

Ancora più forte di quanto ha urlato più forte del rumore più forte del mondo.

Rimango lì, sul divano: immobile.

«Michele» ripeto. «Michele.»

Ma con me adesso c'è solo il marito di Tea Fidelibus.

"... e dopotutto, un modo per non crescere esiste: è quello di morire, morire subito. A Peter Pan, il ragazzo 'innocente e senza cuore', come lo descrive Barrie, non è concesso neanche questo. Lui è un fantasma, con la peculiarità di non ricordare nulla della vita umana; un fantasma privo di vendette e solo con un vago, struggente rimpianto."

6 barattoli di conserva di pomodoro
2 confezioni di fusilli da un chilo Barilla
2 confezioni di bavette Barilla
1 chilo e 200 grammi di fesa di vitello per arrosto
mezzo chilo di fagiolini
1 confezione di Asciugoni Regina
1 litro di latte intero
2 litri di latte a lunga conservazione
1 barattolo di Nesquik da 500 grammi
1 tubo di Ringo
1 bagnoschiuma per pelli delicate
2 bagnoschiuma al fico d'india
1 dopobarba
1 confezione di acqua naturale
1 litro di succo all'albicocca
1 pacco di Gran Cereali
1 pacco di fette biscottate
1 barattolo di marmellata alle ciliegie
6 pesche
mezzo chilo di susine
1 flacone di detersivo per capi delicati
1 flacone di ammorbidente

«Ma io ti amo vero» dice Anthony.

E arriccia il naso della sua faccia incredibile, per non piangere.

«Mi lasci per colpa dello psychotic, lo so. Perché tu ami lui also mo', maybe soprattutto mo', che se n'è juto.»

No, non è per Riccardo: gli vorrei spiegare, se sapessi come farlo. Non è solo per Riccardo.

Certo, da quella notte in Kenya sono arrivata a detestare Anthony. Gli ho dato tutte le colpe, le ho date a me.

Ma: «È una follia. Se non ci fosse stato Anthony, il tuo matrimonio sarebbe finito pure prima. Non era il tempo che hai passato con lui, il problema fra te e Riccardo. Era il tempo che passavate insieme» mi ha fatto notare Fabiano, ieri mattina, mentre giravamo per argenterie, in cerca di un'idea per le bomboniere del suo matrimonio con Enrico, che si avvicina.

È sicuramente vero quello che dice.

«Però Anthony avrebbe potuto obbligarmi a scegliere: e a scegliere lui.»

«Ogni donna permette solo a un uomo di obbligarla a fare qualcosa.»

«Ma Riccardo non mi ha mai obbligata a fare niente: se ne è andato e basta.»

«Infatti io non parlo di Riccardo. Tipe con un padre come il tuo permettono solo a lui, una volta per tutte, di dare ordini.»

«Quindi secondo te bisogna avere un padre debole, inesistente, per essere tanto forti da innamorarsi di un uomo che esiste davvero?»

«Credo sia essenziale desiderarlo sul serio, un uomo così. Ma soprattutto credo non ci sia da stupirsi, se siamo diventati tutti froci. Che ne pensi di questi due cigni con i becchi che s'incrociano?»

«Che fanno schifo.»

Ma a Fabiano piacevano. E li ha fotografati col cellulare per farli vedere a Enrico.

«Mi manca, il bene che sa volere Anthony. Anche se non lo merito, mi manca.»

«Sai, Tea? Io all'inizio credevo di non essere all'altezza di Enrico e avevo ragione. Lui era talmente autentico, in tutto quello che provava. Io talmente frivolo. Forse però è anche per questo che siamo ancora qui. Perché è vero, lui è una persona migliore di me: ma sa che lo so. Chiama Anthony. Dai.»

Così l'ho chiamato.
«Tea.»
«Anthony, senti...»
«Non dire il niente. What about a pizza, sta night?»
«No. Vieni a cena qui. Da me. A casa.»
«... là?»
«Qua.»
«Sicura?»
«Sì.»
«Però I take mangiare.»
«Ok. Io penso al vino.»
«Biologgico, please.»
Ha sorriso, dall'altra parte del telefono.
Ho sorriso: per la prima volta, da quando Riccardo se ne è andato.
Per la prima volta mi sono ricordata di essere donna.
Non una persona, per quello chissà quanto ci vorrà: ma una donna, ecco.
Una donna sì.
Mi sono lavata per lavarmi, e non perché, come in tutti questi mesi, mi sia sforzata di tenere a mente di farlo.
Mi sono vestita per vestirmi: con un miniabito bianco che avevo comprato per la presentazione alla stampa del programma di Riccardo, a cui ovviamente non ho mai partecipato.
Sono andata dal parrucchiere e tornando mi sono fermata al supermercato, per prendere il vino.
Così l'ho visto.
Finalmente.
Il signor Cunningham.
Più alto di come lo immaginavo, biondo come lo immaginavo, come lo immaginavo bello.
O meglio: meno bello di come lo immaginavo.
Ma con i lineamenti del viso più originali, la bocca carnosa, gli occhi a mandorla, il naso largo, da pugile.
Serio, però anche sorridente, allegro, ma senza esagerare.

La signora Cunningham spingeva il carrello, lui un po' teneva per mano Gustavo, un po' aiutava la signora Cunningham a prendere le confezioni dell'acqua dal loro scaffale, un po' ascoltava Viola che parlava: e quanto, un po' aiutava la signora Cunningham a riempire le buste.

Perché?

Lei sì e io no?

Ho pensato, allora.

Come uno schiaffo, un'idea, un acquazzone.

Mi è arrivato addosso il bisogno di chiedermi: perché?

Perché la signora Cunningham può avere un marito che sia davvero suo, e io no? Perché può indicare quella confezione d'acqua naturale, certa che se uno scaffale è più alto di lei non è detto sia troppo alto, per lei? Perché può non pensarsi sola, nel settembre che fa, nell'autunno che farà, in un inverno troppo freddo per una gonna di foglie e bacche diventata troppo corta? Perché ha una persona vicino a lei a cui non deve ricordare ogni giorno: ci sono, visto che quella persona lo sa benissimo, anzi, l'aiuta a farlo meglio? Perché se s'incanta davanti ai bagnoschiuma e agli shampoo e scopre che è uscito questo bagnoschiuma nuovo, al fico d'india, è certa di avere tutta la serenità per studiarlo, certa che qualcuno la stia aspettando, nel frattempo? Perché qualcuno aspetta sempre lei, e non aspetta mai me?

Perché?

Eppure.

Come uno schiaffo, un'idea, un acquazzone: eppure.

Eppure io qualcuno che mi aspetta ce l'ho.

Non è mio marito.

Non poteva essere lui.

Ma ce l'ho.

È Anthony.

Mi ha aspettata quando ero ancora troppo piena di Riccardo.

Mi ha aspettata quando sono rimasta vuota, senza Riccardo.

Mi aspetta ancora.

Forse è davvero arrivato il momento che gli vada incontro, come la signora Cunningham, quando si è decisa a provare il bagnoschiuma al fico d'india e ne ha prese due bottiglie, è andata incontro al marito e ai bambini, allo scomparto dei dolci.

Come uno schiaffo, un'idea, un acquazzone: basta.

Basta con gli scaffali troppo alti.

Basta, basta basta.

Basta con gli inverni troppo freddi per le gonne di foglie e bacche diventate corte.

Mentre ero in coda alla cassa, ho ripensato ai due cigni col becco incrociato: e all'improvviso non mi sono sembrati poi così male.

Da sorridere?

Sì: mi è venuto di nuovo da sorridere.

Per la seconda volta in un giorno, dopo cinque mesi.

E mi sono sfilata dalla coda per prendere, oltre al vino, una candela al muschio bianco.

Quando gli ho aperto la porta l'ho abbracciato, senza indugi.

«Anthony.»

«Tea.»

Ha girato per le stanze di casa mia come se esplorasse un pianeta impensabile ma sognato da sempre, finalmente reale, finalmente raggiunto.

«Ecco dove abita, l'amore mio. E ccà dorme? Ccà mangia. Ccà pensa le sue cose strane.»

Mi ha preparato una pasta agli asparagi.

Gli ho versato del vino.

Mi ha raccontato del suo agosto a Santa Monica, con i suoi.

Gli ho raccontato del mio agosto a Matera, con i miei.

Abbiamo fatto l'amore, nel letto dove Riccardo e io non lo facevamo.

Una, due volte.

Si è addormentato, e un istante prima di riuscirci anch'io, gliel'ho chiesto.

Così, tanto per chiederlo: «Anthony?».

«Sì?»
«Di che colore è secondo te il retro del cielo?»
«Che matta, my God.»
Ha sorriso, nel sonno.
Ho sorriso, per la terza volta.
Mi sono allacciata a lui e ho chiuso gli occhi.
Il mio amico del Kenya aveva ragione: arriva un giorno in cui le lacrime, comunque, si svegliano con te.
Si sono svegliate.
Comunque si sveglia il vomito, prima.
S'è svegliato.
Ma appena apri gli occhi realizzi: oddio.
Sono sopravvissuta.
L'ho scoperto mentre guardavo Anthony che ancora dormiva, con le gambe incastrate alle mie, un braccio sulla mia pancia.
Mi sono alzata, facendo attenzione a non disturbarlo.
Sono andata in cucina e ho messo su un caffè.
Cantavo?
Sì, cantavo: fra me e me.
Yellow Submarine.
Così, perché era mattina.
Così, perché di là c'era Anthony.
Perché la signora Cunningham all'improvviso non aveva niente, niente che non potessi avere anch'io.
Perché ero sopravvissuta.
Mi sono lavata per lavarmi, mi sono vestita per vestirmi, sono scesa a comprare qualcosa per fare colazione come piace ad Anthony.
Un barattolo gigante di yogurt naturale, un litro di latte parzialmente scremato, del miele d'acacia, delle pesche, delle fragole, del muesli croccante.
Ho scelto per bene, facendo attenzione a quanto fosse matura la frutta, a quando scadessero lo yogurt, il latte.
Ma al momento di pagare, alla cassa, me lo sono trovato in borsa.
Aiuto.

Non ho ancora capito come, non ho capito quando: comunque l'avevo rubato.

Il portafoglio di Anthony.

«Mi lasci per colpa dello psychotic, lo so» continua a ripetere lui, adesso, con il naso arricciato.

E io non riesco a dire niente, non so come spiegargli che no.

Non è solo per Riccardo, che lo lascio.

È soprattutto perché senza quello psicotico, la psicotica torno a essere io.

E perché siamo tutti, forse, il Peter Pan di qualcuno.

Innocenti: tutti.

Senza cuore, con chi è davvero pronto a darci il suo.

A fare venire il nostro.

1 BARATTOLO DI GELATO ALLA FRAGOLA
1 CONFEZIONE DI MUESLI CROCCANTE
(FORSE)

«... è che mi sembrava di essere una ragazzina, quando chattavo con lui. Non una ragazzina come lo sono stata quando davvero lo ero, però: una ragazzina diversa. Ecco. Tutto allora si poteva scegliere da capo, tutto all'improvviso era di nuovo possibile... hai presente come sbattevano matte le ali quelle farfalle, quando d'estate con Broncio le catturavamo nei barattoli? Sembrava che, lontane dai loro fiori, dai loro campi, fossero ancora più... farfalle. Capisci? È una sensazione bellissima. Pare di stare sottovuoto, certo. Ma è bellissima.»

«Se ti capisco, Erica? Io perché sono finito qui secondo te?»

Siamo sdraiati sul letto di Eros, nella sua camera. Il tipo che la condivide con lui è tornato a casa per le vacanze di Natale.

«Già» dico io.

«Già» dice lui.

Accende la televisione.

«Guarda. Una replica di "Happy Days".»

«Ti ricordi quando lo guardavamo con la mamma?»

«Scherzi? Non abbiamo mai guardato la televisione con la mamma, io e te.»

«Dici?»

«Fidati di chi fa anamnesi su anamnesi.»

Sorride, ma pare di no: proprio come suo papà, ha una specie di broncio al posto di tutte le espressioni.

Finalmente è dimagrito, è tornato asciutto come sempre, e come sempre è nervoso. Alza il volume della tv, lo abbassa, apre la finestra, la chiude. Torna a stendersi sul letto. Si mette seduto.

«Eros?»

«Eh.»

«Ma tu te lo ricordi Davide Morelli?»

«No.»

«Lui si ricordava benissimo di te.»

«Come tu ti ricordi la mamma con noi, davanti alla tv? Lo avrà detto perché voleva fare colpo.»

«Non credo. Pareva sincero.»

«Sarà.»

«E Fulvio Renna te lo ricordi?»

«No.»

Richie Cunningham sta provando a ottenere dai genitori il permesso di portare sua sorella a una festa con lui e Fonzie. Il problema è che ci saranno solo maggiorenni e lei, per entrare, dovrebbe presentare un documento falso.

«Ho sempre odiato Richie Cunningham.»

«Poveretto, perché?»

Niente: i signori Cunningham non ne vogliono sapere. È un reato, dice Howard. E Marion annuisce, gli dà ragione.

Ora è intervenuto Fonzie, direttamente.

«Come l'amazzate?» fa Eros.

Dio mio: «Chi?».

«Il Natale.»

«Ah. Domani per la vigilia saremo al solito dai genitori di Michele. E al solito il venticinque tutti da noi. Non te lo chiedo nemmeno se vuoi venire, ma sai che saremmo molto felici, anche i bambini.»

«Non me lo chiedere.»

«Non te lo chiedo.»

«...»

«...»

«Come va il corso di salsa e merengue?»

«Insomma. Michele se la cava, io sono un disastro. Eros?»
«Dimmi.»
«Sei sicuro che non te lo devo chiedere?»
«Sicuro. Stavolta non rimarrò qui a farmi di torroncini da solo, tranquilla.»
Questa sì che è una notizia: «E dove vai?».
«Da mamma.»
«Ma va'.»
«Sì. Da quando Alejandro l'ha tradita con un'attricetta di quelle che girano a Formentera, lei non si dà pace. Ha preso a pedinarlo, pensa te.»
Mi mordo il labbro inferiore. Guardo il soffitto, guardo la televisione: Fonzie si è chiuso da solo in cucina con la signora Cunningham, sicuramente adesso la convincerà.
«Che c'è, Erica?»
«Mi sento in colpa con la mamma.»
«Perché?»
«La crisi con Michele mi ha distratta da lei. Saranno due settimane che non la chiamo. È che sono andata proprio in tilt, Eros... dalla notte della scenata: in tilt, completamente. La mattina dopo, al supermercato ho incontrato Tea Fidelibus: sai chi è, no?»
«Quella di "Testa o Cuore".»
«Lei. Di solito studio il suo carrello, non le stacco proprio gli occhi di dosso, mi piace pensare a che cosa farà con quello che compra, mi diverto a immaginare la sua vita favolosa, così diversa dalla mia, dalle nostre... insomma: fatto sta che della spesa di Tea Fidelibus di quella mattina non saprei che dirti. Mi pare abbia preso del gelato alla fragola, del muesli croccante... ma ho dato giusto un'occhiata, per abitudine, senza nessunissima attenzione... il massimo poi è stato quand'è toccato a me fare la spesa: niente, pure lì buio totale, ho preso un pacchetto di gomme tanto per non fare una brutta figura con le commesse. Ti rendi conto? Non riuscivo più a pensare a nessuna, nessuna delle cose a cui penso di solito! Fino al giorno prima ne pensavo addirittura troppe, si mettevano

a frullare e rischiavano di otturarmi il cervello. Quella mattina invece pensavo solo a una cosa, a una soltanto: Dio, ti prego fa che Michele torni subito a casa.»

Si accende una sigaretta.

«Eros! Nelle camere è proibito fumare.»

Nemmeno mi risponde.

Ma: «Sai, Erica» dice. «Io credo che tu e Michele resterete insieme per sempre.»

«Sì?»

«Sì. Però.»

«Però?»

«Tu devi raggiungere me e mamma a Formentera, per Capodanno.»

È matto: «Sei matto?».

«È una cosa risaputa mi pare. Non è questo il punto.»

«E qual è?»

«Il mio compagno di stanza ha girato il mondo e mi assicura che non ci sia un posto più intenso di quell'isola. Soprattutto adesso, senza tutti quegli stronzi che la invadono d'estate.»

«Poveretti.»

«Ma chi, gli stronzi?»

«Eh.»

«Vieni, su.»

«Eros dunque. Non metto in dubbio che sia un'isola meravigliosa. Ma perché proprio adesso? Con Michele le cose cominciano a andare di nuovo bene, dopo l'ultima lezione di salsa figurati che siamo andati a cena in un ristorante giapponese elegantissimo, era una vita che non uscivamo senza i bambini, abbiamo pure provato a usare le bacchette al posto del coltello e della forchetta e ci siamo fatti delle risate belle...»

«Quindi?»

«Quindi adesso ci sono le feste, non posso scombinargli i piani. A lui non piace viaggiare, lo sai, non vede l'ora che sia Capodanno per andare al lago con...»

«Ma mica deve venire pure Michele!»

«Allora sei davvero matto.»

«Senti, hai presente tutte quelle stronzate che dice mamma sul ritrovare se stessi?»

«Certo. Pare che lei lì ci sia riuscita. Credi che ci riuscirei anch'io?»

Ride. Ma proprio di gusto. Senza nemmeno il broncio di mezzo. E io ho già il mio regalo di Natale: penso. Eros che ride. Senza broncio. E chi se ne importa se la mia domanda voleva essere serissima.

«Erica! Mamma se trova un fidanzato si trova, se il fidanzato la molla si lascia andare. Lo sai com'è fatta. È bastato che questo Alejandro le mettesse le corna un paio di volte ed è tornata la squilibrata di sempre.»

«E allora?»

«Che?»

«Perché dovrei venire a Formentera?»

«Per prendere un aereo, prima di tutto.»

«E poi? Per ritrovare me stessa?»

«Tutto il contrario.»

Spegne la sigaretta sotto la suola della scarpa, lancia il mozzicone dalla finestra. Ne accende un'altra.

«Cioè?»

«Cioè sarebbe ora che tu perdessi, te stessa. O meglio: quell'idea di te stessa che non ti serve più a un cazzo.»

«Basta con le parolacce, dai.»

«È quasi Natale, Gesù è più buono, mi perdonerà.»

Ride di nuovo, di nuovo senza broncio.

«Dai Erica. Fai una cosa, una soltanto, per te e basta. Non per Michele, non per i bambini, nemmeno per mamma o per me, che abbiamo la pelle dura, non ti credere. Fai una cosa per te. Prendi quell'aereo.»

«E a Michele che cosa dico?»

«Che hai voglia di farlo.»

«Se è per questo, avevo voglia anche di chattare con Davide Morelli.»

«Dici? Io credo che invece tu ne avessi bisogno.»
«Stai diventando proprio uno psicologo, Eros!»
«Non offendere, per favore.»
Il signor Cunningham raggiunge la moglie e Fonzie, in cucina. Parlano e parlano. Di là in salotto Richie e Sottiletta aspettano la decisione dei loro genitori.
«Sai? Non la vedo più da tantissimo tempo, Tea Fidelibus.»
«Interessante.»
«Scemo.»
La porta della cucina si apre: allora?, allora? Sottiletta prende a saltare per il salotto: "Allora? Mamma? Papà? Posso?". I Cunningham si guardano. Guardano Richie. Guardano Fonzie. È lui che dà il verdetto, finaimente: sì. Sottiletta potrà andare a quella festa. Ma a patto che sua madre la accompagni.
«Certo che palle, sta signora Cunningham.»
«Eh sì. Poveretta, però.»

1 pacchetto di Vigorsol

«Ciao.»

«Ciao.»

Lo trovo all'uscita del mio gate, all'aeroporto. Non me l'aspett

Per niente, me l'aspettavo.

È sempre più grasso, ha una felpa arancione su dei pantaloni celesti, una sciarpa rosa fosforescente al collo, macchiata di qualcosa.

Mi sembra stupendo.

«Sai? Ho smesso di fumare» dice. Con gli occhi bassi, lo sguardo incollato alla punta delle sue scarpe da ginnastica.

Ingoia due gomme americane.

È l'ultima immagine che ho della signora Cunningham: che strano.

Un pacchetto di Vigorsol. E una misteriosa fretta che non c'entrava niente con lei.

Ma sicuramente la smania era mia, e gliel'ho appesa addosso: non a caso avevo il portafoglio di Anthony in borsa.

Ho pensato tanto alla signora Cunningham, in questi mesi.

Ogni volta che ho sbagliato qualcosa ho pensato a lei.

Quindi davvero spesso.

Perché con i portafogli degli altri mi sono sforzata, e sono riuscita a controllarmi.

Ma con l'hobby di un tempo no.

Ho cominciato al matrimonio di Fabiano ed Enrico: rimani qui con me a Formentera, mi ha chiesto un conte belga, che dieci anni fa ha mollato il blasone e vive su un pattino catalano, un po' al porto un po' per mare.

Mi sono detta: finalmente sono di nuovo innamorata. E sono rimasta.

Dopo una settimana ecco che ho cominciato a pensare alla signora Cunningham. A quelle ciglia lunghe, a quei suoi occhi castani, così pieni di qualcosa che non avevo mai realizzato precisamente che fosse. E che all'improvviso m'è sembrata pietà. Sì. Una capacità istintiva, potentissima, quasi soprannaturale, di pietà. Me li infilava negli occhi, quegli occhi, mentre provavo a prendere sonno, sul pattino, e non ci riuscivo. Insisteva: e più sbatteva le ciglia, lenta, più mi concedeva tutta la sua pietà, più capivo di averne bisogno.

Così dopo una settimana e un giorno, al mercatino hippie ho incontrato un tipo che si fa mantenere da una signora italiana che potrebbe essergli madre.

Aveva la faccia maleducata, divertita, lentiggini e tatuaggi da tutte le parti: gli ho detto vieni a Roma con me, dopo la prima notte passata insieme.

«Vale» mi ha risposto, la seconda notte.

Dormivamo in tenda, sotto al faro, nel punto più a sud e più incantato di una Formentera che ogni giorno, senza nessun rimpianto, diceva addio anche a quest'estate: ma anziché pensare a quant'era allegro Alejandro, a quant'era nuovo rispetto a tutto e vivo, e a quante cose nuove rispetto a tutto e vive avremmo potuto fare insieme, io ho pensato ancora una volta a lei. Che ancora una volta mi ha accarezzata con quegli occhi lì.

Allora sono tornata dal belga: cercavo il suo pattino, al porto, e ho incontrato un attore che avevo conosciuto qualche mese prima a un provino. Era appena arrivato, doveva girare una pubblicità.

«Mi sono innamorata, mi sono innamorata» gli dicevo, mi dicevo.

E stavolta la signora Cunningham mi è entrata perfino in un sogno, dove però non succedeva niente: lei mi fissava. E basta. Sbatteva le ciglia. Lenta.

L'attore ha finito di girare la pubblicità, è tornato in Italia. E io ho deciso di affittare una camera e rimanere sull'isola, ormai pressoché deserta. Fatalmente se stessa: proprio nel momento in cui si svuotava delle voci, dei fremiti artificiali, della vida loca, y maravillosa, di tutto quello con cui chi non la conosce la identifica, i brand, lo chic, i flash, il trend, il brich, il flend.

Bisognerebbe imparare da lei, ho pensato.

Accogliere il vuoto che fa come un'occasione d'identità.

Forse l'unica possibile.

Non ce l'ho fatta subito, non ce l'ho fatta fino in fondo: mentre l'isola sì, e si sdraiava, indisturbata e diva, nel rosa delle saline, languiva sui muri a secco, esagerava con l'azzurro del mare, col verde, s'abbracciava di luce, giocava coi grilli, fra gli alberi di fico, addormentava ghiri.

Io inciampavo nei pensieri soliti, nelle solite ossessioni, non sempre riuscivo a starle dietro.

Ma da quel giorno la signora Cunningham non mi ha più guardata.

«Papà, mi trasferisco qui fino a Natale.»

«E il tuo lavoro?»

«Lo sai, il sedici gennaio cominceranno le riprese del film di "Testa o Cuore", per me e per Fabiano passare dal piccolo al grande schermo sarà davvero un'opportunità ch...»

«Sì. Ma fino al sedici gennaio?»

Ho attaccato il telefono.

Troppo complicato spiegargli: semplice papà, fino al sedici gennaio provo a andare in bicicletta, sola, a respirare, sola, a dormire, sola. Insomma. A ricominciare da quei giorni in Kenya, prima di tutto quello che sarebbe stato poi, che ancora è. A ricominciare da quella vertigine soffice che pareva una promessa di pace. Ma pure faceva paura.

«Sei bella.»

«Tu no.»

Ridiamo, ma non davvero. Solo con la faccia.

«Mi hai fatto tanto male, Riccardo.»

«Anche tu.» Gli occhi sempre appesi alla punta delle scarpe.

«Quando?»
«Non mi sopportavi più, Wendy.»
«Io ti ho sempre amato. Forse non lo so fare: ma ti ho amato. Sempre.»
«Pensavo di farti addirittura un piacere, a togliermi di torno...»
Dice davvero? L'anima c'è? Ce l'ha? È viva? Sente?
«I piaceri non si fanno con quella violenza.»
«E la violenza della tua crescita improvvisa, dove la metti?»
Fa freddo, io ho addosso solo dei pantaloni di tela e una maglietta, sono scesa così dall'aereo.
Tiro fuori dallo zaino uno spolverino.
Lui alza gli occhi, guarda su, guarda la fila che si è formata ai taxi, guarda un lampione, il marciapiede. Guarda tutto tranne me che lo guardo.
Ma: «Sei bella» ripete. «Proprio bella.»
«Sai, Riccardo?» Respiro. Mi viene da piangere. Arriccio il naso per evitare di farlo. «Sai. Io ce la sto mettendo tutta, per andare avanti.»
«Avanti? Cioè dove?» Come al solito le espressioni che usiamo tutti, a lui risultano sinceramente incomprensibili.
«Avanti.» Respiro. Mi viene da piangere. Arriccio il naso. Respiro: «Ma il problema è che l'amore per te, da qualche parte, continua ancora a farmi da bussola».
«E perché dovrebbe essere un problema?»
«Perché la direzione che mi indica è sbagliata.»
«Rispetto a cosa? A un cartello con su scritto FAMIGLIA FUNZIONALE E FELICE, 3 KM?»
Ora ridiamo davvero. Mentre continua a venirmi da piangere, ridiamo.
Sta zitto, sto zitta: non ci siamo mai parlati così, senza dire niente.
Rotolano minuti, ci passano vicino persone che partono, che arrivano.
E noi fermi, zitti, uno davanti all'altra.
Si stringe nella sua sciarpa rosa.
Mi stringo nello spolverino.

«Quel coso non va bene, per il freddo che fa qui» dice lui.
«Un po' come una gonna di foglie e bacche troppo corta» dico io.
«...»
«...»
«Forse il retro del cielo è proprio fatto così.»
«Come?»
«È una specie di magazzino per tutte le gonne di foglie e bacche delle Wendy del mondo. Quando le stronzette si stancano di volare con i loro Peter Pan e crescono, almeno il cielo vuole conservare un ricordo di quelle avventure: così ruba le gonne che tanto alle vecchie Wendy non servono più a niente, e se le nasconde nel retro.»
Lo abbraccio. Lui non abbraccia me, ma io lo abbraccio. Sento un odore pericoloso: l'odore di casa.
«E Nena?» chiedo, col viso ancora ficcato nella sua sciarpa.
«Io ti amo, Wendy.»
Mi sciolgo dall'abbraccio. Mi accarezza i capelli, sempre con gli occhi che scappano dai miei, gli accarezzo la pancia.
«Ripetilo.»
«Io ti bamo.»
«Non è quello che hai detto.»
«È meglio.»
«Forse no.»
«Invece sì.»
«Che vuoi da me, Riccardo?»
«Che tu me lo dica.»
«Cosa?»
«Torna da me, ti prego.»
«Dimmelo tu.»
«Cosa.»
«Fammi tornare, ti prego.»
«Wendy, non funziona così.»
«Cioè?»
«Peter Pan ha bisogno di una finestra lasciata aperta, per entrare.»
«Ma è stato lui a costringere Wendy a chiuderla.»

«Fa lo stesso. È troppo ragazzino, troppo scemo per mettersi a lottare contro un'inferriata.»

«Potrebbe crescere.»

«No. Lo sai che non può.»

Tiro fuori dalla tasca dello spolverino una moneta da un euro grande il doppio di quelle normali.

«Tieni», gliela allungo.

«Dove l'hai presa?»

«Al matrimonio di Fabiano.»

La bomboniera, fin da subito, l'aveva scelta Enrico, ma voleva fosse una sorpresa anche per Fabiano: una moneta d'argento e oro dove su un lato c'è la testa, come in tutte le monete. Sull'altro lato un cuore.

«Divertente.»

Riccardo se la fa rotolare sul palmo della mano.

La passa sull'altro.

«Giochiamocela, Riccardo. Se esce Cuore la finestra sarà aperta. Se esce Testa chiusa.»

«Va bene» dice.

Da chissà dove, dentro, la signora Cunningham mi guarda. Sbatte le sue ciglia lunghe una, due volte. Lenta. E poi chiude gli occhi.

Riccardo alza nei miei i suoi.

Accesi.

Lancio la moneta.

Qualche panettone

Stavamo giusto per chiudere, e andarcene finalmente tutti a casa, quando sono entrate un'attrice un po' famosa e una signora che abita nel palazzo sopra al supermercato.

Il fatto strano è che l'attrice ha preso un panettone, la signora sette o otto, dello stesso identico tipo, con l'uvetta ma senza canditi, come si fossero messe d'accordo!

Glielo faccio notare, perché mi pare ci si possa ridere su.

«Uguali!» dico.

E loro?

Rimangono come imbambolate, a fissare i panettoni.

Due cretine, sembrano.

Finché.

«È un casino, non avere più una vita» dice l'attrice.

«Anche avere sempre la stessa» dice quell'altra.

Ma pure se hanno detto tutte e due una cosa davvero triste, fanno una faccia che pare felice. Tutte e due.

«Buona vigilia di Natale.»

«Buona vigilia.»

E poi se ne vanno.

Tristi e felici.

Con i loro panettoni.

Boh.

La verità è che i clienti di sto supermercato sono tutti un po' matti.

Entrano, escono.

Passano di qui fra una delusione, una speranza, una giornata e l'altra.

Entrano di cuore, di testa.

Credono che l'esistenza che trascinano gli sia capitata come una dannazione: invece è esattamente l'unica che desiderano, l'unica adatta a loro.

Si mettono in salvo e credono di perdersi, rischiano di perdersi e credono di mettersi in salvo.

Quanto pesa quello che siamo? E quello che non abbiamo?, sembrano chiedersi in continuazione, ma non se lo chiedono mai.

Tutti così, i clienti di sto supermercato.

Fanno la spesa per fame: non sanno precisamente nemmeno di che cosa. Per amore. Di chi li sta aspettando a casa, o magari li sta aspettando là fuori, dietro un angolo o nel mondo, fa lo stesso per loro.

Sono stati bambini disturbati, non amati, amati troppo, amati male, adolescenti con i brufoli, timidi, incazzati, ora sono quello che sono, non lo sono abbastanza, lo sono troppo, sono qui per un attimo e hanno un'urgenza assurda di per sempre.

Cadono all'indietro: prendono rincorse

Non sanno chi sono.

Sono figli mascherati da genitori

Mogli mascherate da mamme.

Mamme mascherate da mariti.

Attrici di fiction mascherate da signore del palazzo qui sopra.

Tutti così.

Io li ascolto, anche quando non hanno voglia di parlare. Li capisco.

Il mio ex me lo diceva sempre: «Sei così sensibile, tu, sei quasi telepatica».

Ma poi proprio per questo gli ho fatto paura e mi ha lasciata.

Ho sofferto molto, io. Moltissimo. Sarà per questo che sento quello che sentono le persone. Perché ho sputato sangue. Mica come Laura, l'altra cassiera.

Le cose filano sempre lisce, per lei. Ha i ricci naturali, la pelle bianca e un fidanzato che la viene a prendere tutte le sere quando stacchiamo.

Pure la cassa in fondo a destra s'è presa, quella che ora è vicina al riscaldamento e dove d'estate però non batte il sole.

Semplice: c'è a chi va proprio tutto, tutto bene.

Semplice. Non sono mai io.

Note e ringraziamenti

Lo stralcio della lezione di Riccardo Bruni su James Matthew Barrie è una parafrasi di un testo di Giorgio Manganelli pubblicato sull'"Europeo"del 28 dicembre 1981, a recensione di *Peter Pan nei Giardini di Kensington*, Rizzoli, Milano, 1981.

Il brano alle pagine 207-8 è tratto da: James M. Barrie, *Peter Pan - Peter Pan nei giardini di Kensington - Peter e Wendy*, Einaudi, Torino 2008.

Poi.

Questo libro non riusciva a trovare un posto dove sentirsi a casa, per venire fuori. Gliel'hanno inventato Camilla Orlando a La Clairière, il bene immediato di Alberta La Scala a Diani, Casa Anna di Anna Maria Marabini e soprattutto l'accoglienza di Daniela Berardi, della sua famiglia allargata e di Ca' Nostra, a Formentera.

Gli ingredienti necessari per fare la spesa e impastare le pagine me li hanno dati la testa e il cuore di Ale, Annalena, Antonio, Carlo, Francesca, Giada, Laura, Peppino, Roberta, Sister, Umberta, Walter.

Giulia ha acceso il forno.
Anastasia ha assaggiato.
Laura ci ha messo il sale.
Elisa il sole.
Annalisa gli occhi.
Cristina il titolo (comunque).

Rodrigo la musica.

Luigi e Ginevra ci sono sempre.

Daniela anche.

Le provviste in una cucina all'improvviso possono finire tutte e nella mia è successo: ma una specie di fumetto mi ha insegnato che se vuoi riempire di nuovo un frigo è bene cominciare cambiando il divano in salotto. A lui è dedicato questo libro.

Indice

9 UN LITRO DI LATTE PARZIALMENTE SCREMATO
11 *600 grammi di zucchine*
16 2 pizze margherita surgelate
25 *100 grammi di gherigli di noci*
32 1 barattolo da 500 grammi di Häagen-Dazs (Midnight Cookies and Cream)
39 *2 chili di mandarini*
49 1 confezione di hamburger surgelati al tofu
59 *6 uova*
69 2 bottigliette di acqua naturale da mezzo litro
78 *1 confezione di carote*
95 1 bottiglietta di salsa di soia
106 *1 costa di sedano*
110 1 cestino di fragole
117 *1 confezione di acqua naturale*
131 6 lattine di Heineken
133 *1 chilo di spaghetti Voiello*
140 4 ciabatte di grano saraceno

142 *1 chilo di riso superfino Arborio*

145 1 bottiglia di prosecco

152 *1 retina di scalogni*

157 1 zuppa di farro precotta

164 *1 panetto di burro da 250 grammi*

170 2 pacchi di farfalle Barilla

175 *2 barbabietole*

179 1 Autan spray

183 *1 melanzana*

186 1 barattolo di stranezza

196 *Quattro etti d'amore*

203 Niente

207 *Tutto*

213 1 candela al muschio bianco

218 *6 barattoli di conserva di pomodoro*

225 1 barattolo di gelato alla fragola (forse)

231 *1 pacchetto di Vigorsol*

237 QUALCHE PANETTONE

241 *Note e ringraziamenti*